KB183050

새 발바닥의 비밀

새 발바닥의 비밀

정은성 글 | 달상 그림

그린애플

차례

○○일보

[충무=연합 뉴스] 충무지구 해양 경찰대는 남해안 섬에 자생하는 수령 200년 이상 된 자연산 동백나무를 캐내 대도시 분재상에게 팔아넘기려던 박모 씨(56), 김 모 씨(57) 등 6명에 대해 12일 산림법 위반 혐의로 구속 영장을 신청했다. 경찰에 따르면 김 씨 등은 지난 13일 오전 11시쯤 김 씨 소유 3급 소형 어선을 타고 경남 통영군 한산면 가오섬에 들어가 수령 200~220년의 동백나무 25그루를 몰래 캐내 기관실 등에 숨겨 충무항으로 들여와 대도시 분재상들에게 팔아넘기려한 혐의다. 또한 일당은 나무를 캐는 도중 낡은 나무 궤짝을 발견했으나 안은 비어 있었다고 주장했다. 경찰은 사실 여부를 확인하기 위해 궤짝을 가져갔다는 강모 씨(19)를 찾고 있다.

일렁이는
그날의 그림자

　민지는 야구장 밖에서 두 시간 넘게 아빠를 기다렸다. 아빠 소식이 끊긴 지도 두 달이 넘었다. 그전에 엄마가 경찰서에 신고했지만, 경찰 관계자는 가출일지 모르니 더 기다려 보자고 했다.

　"엄마가 자꾸 울어. 아빠에게 무슨 일이 생긴 거 같다고……."

　민우 말을 듣고 민지가 코웃음을 쳤다.

　"아빠 때문에 울었다고, 엄마가? 진짜 봤어? 못 믿겠는걸. 엄마는 아빠를 고기에 붙은 기름처럼 싫어한다고."

　"나랑 둘이 있을 때 우셨거든! 누나, 넌 아빠랑 똑같아. 엄마가 얼마나 아빠를 걱정했는지 알기나 해? 엄마가 아빠한테 왜

그랬는지 진짜 몰라? 보통 아빠들처럼 성실하게 일하고 돈도 벌
고……."

민우는 평소에 엄마가 아빠에게 했던 말들을 그대로 읊었다.

엄마와 아빠는 자주 싸웠다. 정확히 말하자면 엄마가 아빠를
늘 야단쳤다. 그런 날이면 엄마는 민우 방에서 잠을 잤고, 아빠
는 민지 방에 들어와 가만히 앉아 있기만 했다.

"아빠, 엄마한테 또 혼났어?"

민지가 묻는 말에 아빠는 늘 말없이 고개만 끄덕였다.

석 달 전에는 상황이 좀 달랐다. 아빠가 엄마에게 큰소리로
화를 냈다. 민지는 아빠가 화내는 모습에 놀라긴 했지만 왜 그랬
는지 이유를 말해 주리라 생각했다. 하지만 아빠는 슬픈 눈으로
민지를 보기만 할 뿐 아무 말도 하지 않았다. 그리고 며칠 뒤, 아
빠는 집을 나갔다.

그로부터 한 달 뒤에야 아빠와 연락이 닿았다. 아빠는 민지에
게 야구 경기를 같이 보자고 했다.

"그날 무슨 일이 있어도 꼭 갈게. 아빠 믿지?"

그게 바로 오늘이었다. 민지는 늦더라도 아빠가 꼭 올 거라고
믿었다. 엄마는 아빠더러 믿을 수 없는 사람이라고 소리를 질렀
다. 하지만 민지는 아빠를 의심하지 않았다. 아빠는 민지와 한

약속을 어긴 적이 없었으니까.

야구 경기가 끝나자 사람들이 우르르 나왔다. 방금 본 경기로 이야기를 주고받는 소리가 들렸다.

"아까워. 8회 말에 투수를 바꾸다니 감독이 제정신이 아니야."

"이백호 투수, 오늘 홈런을 세 개나 먹었잖아. 나라도 바꾸겠다."

"이 투수가 감독이랑 갈등 많다는 소문이 사실인가 봐. 처음에 데려올 땐 그렇게 칭찬을 하더니……."

민지는 사람들이 떠난 야구장을 들여다봤다.

'무슨 일이 있을 거야. 좀 있으면 전화가 오겠지. 아빠가 내게 말도 안 하고 사라지진 않을 거야. 아빠랑 난 뭐든 털어놓는 단짝 같은 사이였는걸. 적어도 생일까지는 기다려야 해. 서로 생각해 둔 생일 계획을 꼭 이뤄 주기로 약속했으니까! 이번 생일이 우리에게 얼마나 특별한데. 아빠가 아무 신호도 보내지 않고 떠났을 리가 없어. 아빠는 꼭 올 거야. 아빠가 나타나면 엄마랑 민우는 놀라 자빠지겠지. 그럼 큰 소리로 웃어 줄 테야. 아빠는 꼭 돌아올 거야. 윤달 5월 21일, 양력 7월 13일, 그날까지.'

날이 슬슬 어두워지자 민지는 서둘러 지하철로 향했다.

'학원 빼먹은 걸 엄마가 알았을까? 에휴, 민우가 벌써 일러바

쳤겠지…….'

민지는 미주알고주알 일러바치는 민우가 엄마보다 더 싫었다. 엄마가 다시 한번 민우랑 비교하며 야단을 치면 집을 나가 버리겠다고 결심했다.

올해 열두 살이 된 민지는 저 나름대로 부지런히 컸다지만 또래보다 몸집이 작았다. 아빠 말에 따르면 민지가 이유식을 빨리 시작한 데다 걸음마를 해야 할 시기에 보행기에만 앉혀 놓은 탓이라고 했다.

"이게 다 민우 때문이야!"

"아니야. 엄마가 민우 낳고 한 달 동안 아파서 병원에 입원했었잖니."

동생 민우는 민지와 11개월 차이로 태어났다. 엄마가 입원했을 때, 아빠가 엄마를 간호하면서 민우와 민지까지 돌봐야 했다. 엄마는 퇴원한 뒤에도 빨리 회복되지 않았다. 이따금 엄마도 그때 이야기를 꺼내곤 했다.

"민우는 아기 때 순했어. 늘 민지가 문제였지. 어찌나 울어 대던지. 안아 달라고만 하고……. 엄만 너희 돌보기 너무 힘들었어."

엄마 말은 민지를 보행기에 앉혀 놓고 발로 밀면서 달랬다는 얘기였다.

민지는 민우를 흘기며 속으로 말했다.

'네가 엄마를 빼앗아 가서 그런 거잖아.'

지금도 엄마는 걸핏하면 '누나가 양보해야지! 누나가 그러면 쓰니?'라고 말했다.

또래보다 걸음마가 늦었던 민지는 자주 배탈이 났고 말도 더 늦었다. 민지가 세 살이었을 때 민우랑 쌍둥이처럼 닮아 보였다. 다섯 살일 때는 민우의 키가 민지보다 더 커졌다. 그런데도 엄마는 밖에 나갈 때마다 단지 누나라는 이유만으로 몸집이 작은 민지를 걷게 하고 민우만 안아 줬다. 억울한 일은 더 있었다. 사람들이 처음 민지와 민우를 볼 때마다 "아들이 참 잘생겼네. 얜 딸? 흠, 넌 멋진 오빠가 있어서 좋겠다!"라고 말했다. 이럴 때 민지는 푹 익은 토마토처럼 얼굴이 벌게졌다.

'잘생겼다고요? 오빠라뇨? 삑! 아니거든요! 다 틀렸거든요!'

남매는 자주 티격태격 다퉜다. 싸움이 불리해지면 민우는 어깨를 들썩이며 거짓 울음을 터트렸다. 그럴 때마다 엄마는 민지만 나무랐다.

"누나가 동생을 울리기나 하고. 어쩜 그렇게 철이 없을까."

민지가 어떤 말을 하던 결과는 늘 같았다. 차라리 입을 다물고 빨리 벗어나는 길을 택했다. 엄마 몰래 혀를 쏙 내미는 동생을 보며 민지는 이를 갈았다.

'언젠가 네가 야단맞을 때 나도 너처럼 혀를 날름거려 주마.'

그럴 기회는 쉽게 오지 않았다. 사실 아직 한 번도 없었다. 민지는 동생 그늘에 묻혔다. 축 처진 민지 손을 잡아 주는 건 아빠뿐이었다. 툭하면 엄마에게 흠 잡히는 아빠를 위로하는 것도 민지였다. 둘은 잘 통했다. 민지는 아빠에게 뭐든 터놓고 이야기할 수 있었다. 아빠는 늘 민지에게 말했다.

"네 맘 알아. 나도 네 나이 때 그런 생각을 했었거든."

그럼 민지는 괜스레 맘이 뿌듯했다.

"아빠랑 난 생일만 같은 게 아니라 속까지 꼭 닮았어. 뉴스에 나왔던 쌍둥이처럼. 어릴 때 헤어졌다가 우연히 다시 만난 쌍둥이가 놀랍도록 취미와 버릇이 같았다고 하잖아. 키우던 개 이름까지 똑같았대. 사실 그 둘은 자기네가 쌍둥인 줄도 몰랐다는데 말이야."

"그래? 그런데도 두 사람의 몸과 마음은 계속 서로에게 신호를 보내고 있었나 보다."

"아빠, 우리도 그럴까? 아무리 멀리 떨어져 있어도 서로에게 신호를 보낼 수 있을까?"

"그럼. 그럴 거야. 네가 잘 받아 줄까 모르겠다. 머지않아 아

빠보다 친구가 더 좋다고 할걸! 같이 놀자고 신호를 보내도 모
른 척할 것 같은데."

"절대 그럴 리 없어. 우린 가장 친한 친구잖아. 아빠가 점 하
나만 찍어 줘도 난 무슨 뜻인지 알아낼 거야."

민지와 아빠는 생일이 같았다. 윤달 5월 21일. 윤달은 몇 년
에 한 번씩 돌아왔다. 그래서 민지와 아빠는 양력 7월 13일을
생일로 정했다. 생일 때마다 민지와 아빠는 선물로 각자 바라
는 걸 하나씩 해 줬다. 지난해 아빠는 야구 경기장에 같이 가자
고 말했다. 민지가 되물었다.

"진짜? 아빠랑 나랑 둘만?"

아빠는 힘차게 머리를 끄덕였다. 민지와 아빠는 워낙 운동경
기 보는 걸 좋아했다. 특히 야구를 볼 때면 아랫집에서 올라올
정도로 소리를 질러 댔다. 엄마와 민우를 따돌리는 일 또한 맨
손으로 말벌집을 떼어 내는 것 만큼 힘든 일이었다. 특히 민우
는 두 사람이 자기를 따돌린다며 눈에 불을 켜고 감시했다.

대한민국과 쿠바의 야구 결승전이 있던 토요일, 민지와 민우
는 학원에 갔다. 학원이 끝날 즈음 아빠는 민지만 불러내 야구
경기장으로 향했다. 경기장에 도착해서야 아빠는 엄마에게 문
자로 상황을 보고했다. 얼마 후 엄마에게서 답장이 왔다.

‘민지가 뭘 배우겠어? 그렇게 몰래 속이고 하고 싶은 대로 하게 내버려 두는 거? 아주 애를 망치려고 작정했구나. 절대 그렇게 놔둘 순 없어. 내 아이를 망치게 두진 않을 거야.’

8월 무더운 저녁, 경기장엔 앉을 곳이 없었다. 아빠와 민지는 겨우 자리를 잡고 앉았다. 경기장에 들어서는 한국 선수들 모습이 커다란 화면에 보였다. 사람들이 격려와 기대에 찬 환성을 질렀다.

9회 말 쿠바 공격. 한국이 3대 2로 앞서고 있었지만 1사 만루, 투 스트라이크 노 볼로 곧 역전을 당할 것 같았다. 한국팀인 이백호 투수가 공을 던졌다. 관중석에 앉은 사람들은 기침 소리조차 내지 않았다. 쿠바의 5번 타자가 공을 쳤다. 2루 땅볼! 백정만 선수가 멋지게 공을 잡아 2루로, 다시 1루까지. 여기저기 함성이 터져 나왔다.

"만세, 우리가 이겼다!"

멋진 병살 플레이였다. 사람들은 목소리가 나오지 않을 때까지 '대한민국'을 외쳤다. 민지는 아빠를 껴안았다. 목이 쉬도록 응원가를 불렀다. 경기장을 나서며 아빠가 말했다.

"병살 플레이 정말 멋졌어. 이백호 투수가 투 스트라이크에서 공을 던질 때 마음이 어땠을까?"

민지가 슬슬 웃으며 대꾸했다.

"오줌을 찔끔 싸지 않았을까? 그럴 때 기절하는 선수는 없었어? 나라면 도망치고 싶을 거 같아. 공을 잘못 던지면 자기만 욕먹잖아!"

아빠는 민지 손을 꼭 잡았다.

"그렇긴 하지만 혼자만 있는 게 아니니까. 든든한 동료가 있잖아. 2루, 1루 선수들이 공을 잡아서 던지는 거 봤지? 민 포수도 이 투수가 어떤 공을 던질지 정확히 알고 자세를 잡았던 거야. 그래서 상대 타자를 속일 수 있었고!"

"맞아! 포수가 공을 받을 줄 알았는데 갑자기 몸을 돌려 3루로 공을 던졌어."

"기가 막힌 작전이었어. 제대로 속였지. 그러니까 선수들이 서로 믿고 각자 자기 몫을 다했는가가 중요해. 결과는 둘째고. 겨루게 된 두 팀 선수들 모두가 온 힘을 다해 경기를 치러야해. 응원하는 우리들의 마음을 더하면 그보다 좋은 게 어딨겠어. 경기를 함께한 모두가 멋진 시간을 갖게 되잖아."

그날 12시가 넘어서야 집에 도착했다. 아빠는 현관문을 열기 전에 숨을 크게 들이마셨다. 그러고는 민지를 향해 돌아보며 말했다.

"준비됐어? 엄마랑 민우가 많이 화났을 거야. 그래도 우린 재밌었지?"

민지가 씩 웃었다.

"정말 멋진 생일 선물이었어! 우리 둘에게!"

민지는 아빠와 같이 야구장에 갔던 날이 생각나서 빙긋 웃었다. 그러다 아빠가 집을 나간 날이 떠올랐다.

엄마는 아빠가 나무를 구하러 갔다고 말했다. 목수이자 조각가인 아빠는 의자나 장롱, 식탁을 만들었다. 가끔 좋은 나무를 얻으려 멀리까지 여행을 다녀오는 일도 있었다. 여행을 떠날 때마다 민지에게 인사를 안 하고 간 적은 없었다. 그런데 이번에는 인사도 없이 한 달 넘도록 연락이 없었다. 민지가 전화를 걸어도 받지 않았다.

아무래도 아빠에게 뭔가 잘못된 일이 생긴 것 같았다.

3월 20일 금요일 밤, 민지의 휴대폰이 울렸다.

"민지야, 아빠야……."

민지는 아빠 목소리를 듣자마자 반가웠지만 걱정했던 맘에 불쑥 골이 났다.

"알아."

"잘 있었어? 민우도 잘 있지? 엄마는?"

"뭐 사러 잠깐 나갔어. 민우는 화장실에 간 것 같아."

"이거 공중전화라 금방 끊길 거야. 아빠, 모레쯤 집에 갈게."

"맘대로 해."

"화났구나? 연락 못 해서 미안해. 가서 얘기해 줄게."

"그러든지."

"우리 생일에 꼭 하고 싶은 일이 생겼어! 너도 생각해 봤니?"

"아니!"

물론 거짓말이었다. 올해는 민지가 태어나 처음으로 만나는 5월 윤달이다. 아빠도 이번 생일은 올해까지 겨우 네 번째 만났다고 했다. 민지는 아빠와 보낼 특별한 생일 계획을 이미 세 가지나 세웠다.

"아무튼 우리나라가 야구 결승전에 나가면 꼭 같이 응원가자. 어때?"

"뭐, 그러든지."

"아빠가 약속할게!"

"알았어! 대신 아빠가 약속한 거니까 꼭 지켜. 어기면 진짜 아빠한테 실망할 거야."

"약속 꼭 지킬게! 네가 하고 싶은 것도 잘 생각해 놔. 그럼 일요일……."

갑자기 전화가 끊겼다.

"어, 아빠?"

걸려 온 번호로 다시 전화했다. 신호만 들릴 뿐 아빠는 전화를 받지 않았다. 민우는 민지가 일부러 전화를 빨리 끊었다고 난리쳤다. 엄마는 아빠에게 연락이 온 걸 알고 같은 말을 묻고 또 물었다.

"아빠가 뭐라고 했어? 일요일에 온다고?"

일요일 아침 내내 엄마는 음식을 만들었고, 민우와 민지는 집을 청소했다. 그러나 아빠는 오지 않았다. 일주일 뒤, 엄마가 경찰에 신고했다. 민지가 경찰관에게 아빠와 마지막으로 통화했던 전화번호를 말했다. 조사 결과 공중전화 번호였다. 경찰은 좀 더 기다려보자고 했다. 담당 경찰관이 아빠가 갈 만한 곳이 없냐고 물었지만 엄마는 아빠가 갈 만한 장소가 어딘지 아는 곳이 없었다.

민지는 지하철에서 내려 에스컬레이터를 탔다. 사람들이 하나둘 우산을 펼쳤다. 민지는 비를 맞으며 집으로 달려갔다.

아파트 뒷문을 지나는데 누군가 소리쳤다.

"누나!"

민우였다. 민지에게 다가와 우산을 씌워 줬다. 민지는 힐끔 보고 그냥 앞서 걸었다. 민지 뒤를 따라오며 민우가 외쳤다.

"학원 빼먹고 어디 갔었어? 엄마 속상하게 누나 너까지 왜 그래? 엄마가 아빠 때문에 얼마나 힘든데. 누나 너 정말 바보냐?"

"너라고 할 거면 누나라고 부르지도 마! 잘난 척은!"

"엄마한테 학원 빼먹은 거 말 안 했어. 둘이 같이 들어가려고 기다렸다고. 그러니까 누나도 학원 다녀왔다고 해."

"됐어. 일러바쳐. 하나도 안 무서우니까."

"누나 너는 정말 바보야. 맘대로 해."

민우가 아파트 문으로 먼저 들어갔다. 빗줄기가 더 굵어졌다. 민지는 멈춰 서서 아파트를 바라보았다. 눈을 가늘게 뜨고 발코니를 세어 올라갔다. 13층, 거실 불이 환했다.

'엄마 왔네…….'

하긴 퇴근하고도 남을 시간이었다.

엄마는 중학교 선생님이었다. 정확히 아침 6시 55분이 되면 집을 나섰다. 엄마가 출근을 하면 아빠가 민지와 민우를 챙겨서 학교에 보냈다. 아파트에서 학교까지는 10분도 걸리지 않는 거리였다. 하지만 민지는 걸핏하면 지각했다. 일부러 그런

다기보다 전날 분명히 가방에 넣어 놓은 준비물이 안 보이거나 갑자기 쥐어뜯는 것처럼 배가 아팠다. 민지도 어쩔 수 없었다. 그럴 때마다 아빠가 살살 배를 문질러 주면 아픈 게 가셨다. 다시 집을 나서 발코니를 올려다보면 아빠가 손을 흔들어 줬다.

"잘 갔다 와! 아빠가 맛있는 거 해 놓고 기다릴게."

민지에게만 해 주는 인사였다. 그런데 지금 집에는 아빠가 없다.

민지는 느릿느릿 걸어 엘리베이터를 탔다. 현관 앞에 다다라 고개를 푹 숙였다. 귀를 감싸고 망설였다. 들어가고 싶지 않았다. 배가 사르르 아팠다. 한 번만 더 아프면 집에 들어가겠다고 마음먹었다. 민지네 집 건너편은 관리실 창고였다. 가끔 손잡이를 돌려 보았지만 늘 잠겨 있었다. 아빠와 민지는 닫힌 창고 문 앞에 자전거를 세워 두었다.

민지는 창고 문손잡이를 돌려 보았다. 뜻밖에도 손잡이가 조금 움직였다. 자전거를 살짝 밀어 놓고 천천히 손잡이를 돌렸다. 삐거덕 문이 열렸다. 창고 안으로 머리를 디밀고 안을 들여다보았다. 너무 깜깜해서 아무것도 보이지 않았다. 허리를 숙여 한 발짝 안으로 들어갔다. 퀴퀴한 냄새가 확 몰려왔다.

민지는 눈을 찌푸렸다. 뒤에서 현관문 열리는 소리가 들리자 민지는 얼른 창고 문을 닫았다.

"민지, 너 왜 안 들어오고 거기 있는 거야? 밥 먹어야지."

"자전거 자물쇠 다시 채우고 들어갈게요."

엄마가 현관문을 닫고 들어가자 민지는 창고 문손잡이를 다시 돌려 보았다. 꿈쩍도 하지 않았지만 창문 틈 사이가 조금 벌어지면서 쪽지가 삐죽 나와 있었다. 펼쳐 보니 거칠거칠한 종이였다.

'뭐라는 거야! 이건 뭐지? 새 발자국인가?'

민지는 입술을 비죽 내밀고는 종이를 구겨 주머니에 넣었다.

밥을 먹는 동안 엄마는 아무것도 묻지 않았다. 민지는 힐끔힐끔 민우를 살폈다. 언제 그 팔랑거리는 입을 놀릴지 불안했다. 엄마 음식은 지독하게 맛이 없었다. 민지는 억지로 입에 밀어 넣었다. 숨 막히게 조용하고 긴 시간이었다.

이틀 뒤 민지는 똑같은 글이 적힌 종이를 또 발견했다. 이번에는 민우와 함께였다. 민우는 누군가 장난을 치는 게 틀림없다며 무시하라고 했다. 하지만 민지 생각은 좀 달랐다.

'이건 도전이야. 범인을 잡으려면 미끼를 던져야 해! 그렇다면 범띠인 내가 호랑이 발바닥처럼 눌러 주겠어.'

민지는 수첩을 휙 찢어 글씨를 쓰고는 창고 문틈에 끼워 두었다.

저녁 무렵 창고 문에서 새로운 쪽지를 발견했다. 민지는 서둘러 종이를 빼내 읽었다.

"누구야, 도대체! 어디 두고 보자, 새 발바닥 녀석!"

민지는 철퍼덕 앉아 종이를 꺼내 답장을 썼다.

민지는 답장이 적힌 종이를 창고 문에 꽂아 두었다. 그런 다음 현관문에 붙어 있는 렌즈로 여러 번 밖을 내다보았다. 밤 12시에도 종이는 그대로 있었다. 민지는 깊게 숨을 내쉬고 방으로 들어갔다.

아침에 눈을 뜨자마자 아파트 창고 쪽으로 향했다. 돌돌 말린 두루마리가 아빠 자전거 바퀴에 꽂혀 있었다. 어느새 뒤쫓아 나온 민우가 말했다.

"보지 마. 무시해!"

민지는 민우의 말을 무시하고 재빨리 두루마리를 펼쳤다.

민우도 바짝 달라붙었다.

두루마리에는 내용을 쉽게 파악하기 힘든 알쏭달쏭한 글이 쓰여 있었다. 민지가 중얼거렸다.

"내가 만나자고 했으니까 거기에 대한 답일 텐데……."

민지는 두리마리에 쓰인 글을 여러 번 읽었지만 뜻을 알 수가 없었다. 두루마리를 감아 가방에 넣었다.

"이따 저녁에 다시 봐야겠어. 너도 궁금하지?"

민우가 샐쭉거렸다.

"누가 궁금하데? 난 관심 없어."

저녁 7시, 민지는 영어 학원까지 마치고 집으로 왔다. 먼저 와 있던 민우가 말했다.

"엄마가 늦는다고 먼저 밥 먹으래."

둘은 컵라면을 하나씩 끼고서 식탁에 두루마리를 펼쳤다. 민우는 아직 다 풀어지지도 않은 라면을 후루룩 먹었다.

"앗 뜨거! 누나, 너 생각 좀 해 봤냐? 두루마리 글 중 '없는 달'에 대해서 말이야."

"아유 더러워. 말을 하든 먹든 하나만 해!"

"그러니까, 이 '없는 달'이라는 말이, 앗 뜨거, 뭐냐고."

"야! 다 삼키고 말해! 없는 달이니까 달이 안 보이는 그믐?"

"그럼 뒤에 나오는 '스무하루'는?"

"스무는 스물, 그러니까 이십이고. 하루가 더 있으니까 이십일? 근데 관심 없다면서 뭘 자꾸 물어?"

"당연히 관심 없지. 그냥 물어본 거야. 그럼 뭐 아무 말도 안 하고 라면만 후루룩 먹으라고? 지금 우리가 주고받는 대화가 반찬 같은 역할을 하는 거라고."

"그래. 반찬 줄게! 아마 없는 달은 윤달을 말하는 거 같아. 내 생일이 윤달이잖아. 윤달은 '여벌 달', '덤 달', '가외 달', '공달'이라고도 하는데 신이 쉬느라 없는 달이기도 해."

눈이 둥그레진 민우가 입안에 있는 라면을 꿀꺽 삼켰다.

"이야, 대단한데!"

"아빠가 알려 준 거야. 윤달 이십일일이면 내 생일이야. 이번 주 일요일! 그러니까 이건 나한테 뭔가 알려 주려는 거야."

"좀 이상하긴 하지만, 날짜가 맞기는 하네."

"가만, 가만, 좋은 생각이 났어. 우리가 약속할 때 장소, 날짜, 시간을 정하잖아?"

"그런가?"

"날마다 보면서도 본 적은 없는 곳이 장소를 뜻하는 거라면?"

민우는 빈 라면 그릇을 탁 내려놓았다.

"그래서 맨 뒤 두 줄이 시간이라고? 소를 삼킨 호랑이라…… . 검색해 봐야지."

"얼마 전에 배웠는데 옛날에는 시간을 동물로 나타냈다더라. '옛날 시간, 소, 호랑이'라고 검색해 봐."

"피! 나도 그러려고 했어."

민지도 컵라면을 내려놓고 휴대폰을 들었다. 곧 둘이 거의 동시에 외쳤다.

"여기 있다!"

"소하고 호랑이니까 새벽 한 시에서 다섯 시에 해당돼. 그런데 호랑이가 소를 삼켰다는 게 뭘까? 호랑이가 소를 잡아먹은 게 아니라 통째로 삼켜 버렸단 말이지."

"소가 통째로 없어진 거라면 호랑이만 남는 거네. 바로 그거

저녁	11시~ 1시 : 자(쥐)
새벽	1시~ 3시 : 축(소)
	3시~ 5시 : 인(호랑이)
	5시~ 7시 : 묘(토끼)
	7시~ 9시 : 진(용)
	9시~11시 : 사(뱀)
낮	11시~ 1시 : 오(말)
	1시~ 3시 : 미(양)
	3시~ 5시 : 신(원숭이)
	5시~ 7시 : 유(닭)
	7시~ 9시 : 술(개)
	9시~11시 : 해(돼지)

19:30 십이지간 구분법

야! 새벽 3시!"

"오! 제법인데."

"뭐 이쯤이야. 이제 인정하지? 누나 너보다 내가…….."

"이제 장소가 남았네. 날마다 보면서도 본 적이 없는 곳이
라……."

민지는 민우 말을 자르고 지그시 눈을 감았다. 잠시 뒤 민우
가 일어나 자기 방으로 갔다.

"아, 생각 안 나. 불기 전에 라면이나 먹어야지."

천천히 눈을 뜬 민지는 파 쪼가리만 붙은 빈 컵라면 용기를
발견했다.

"야! 강민우! 이 돼지야! 이제 너한텐 아무것도 안 알려 줄 거야!"

민지는 방으로 가서 문을 걸어 잠갔다. 침대에 벌렁 누워 두
루마리를 펼쳤다.

'장소만 알면 되는데. 도대체 누가 보낸 거지? 왜 내게?'

두루마리 글귀를 다시 읽어 보았다. 천천히 일어나 서성이다
잠시 멈춰 되뇌었다.

"이건 분명 아빠야! 엄마랑 민우 몰래 우리 둘만 만나자고 보
낸 신호라고."

모습을 드러내는
새 발바닥

다음 날 교실은 좀 어수선했다. 금요일에 시험까지 끝나 아이들은 여름방학 이야기만 했다. 민지는 온통 두루마리 생각뿐이었다.

'아빠는 살아 있어. 도움이 필요한 거야. 그런데 왜 직접 연락을 안 하는 거지? 몰래 해야 할 만큼 위험한 걸까? 그 수수께끼 같은 글은 뭐고? 이상해, 정말 이상해! 날마다 보면서도 본 적은 없는 곳이 어딜까?'

이때 선생님이 교실로 들어오셨다.

"오늘 집 가까이 있는 나뭇잎이나 풀잎을 가져오라고 했죠?

가져온 이파리 이름이 뭔지 아는 사람 손 들어 봐요. 어디 보자. 모르고 가져온 친구들이 더 많네. 사실 우리는 이웃에 대해서도 잘 모르죠. 옆집이나 앞집에 누가 사는지도 모르잖아요. 날마다 만나는 친구는 어떨까? 자기 짝 취미가 뭔지 아는 사람?"

아이 서넛이 손을 들었다. 별안간 민지는 눈을 크게 떴다.

'바로, 그거야. 왜 그걸 몰랐을까! 바로 옆에 있었어! 날마다 보면서도!'

민지는 학교가 끝나자마자 집으로 뛰었다. 아파트 입구에 다다랐을 때 민우를 만났다.

"강민지! 너 이제 큰일 났다."

"왜?"

"영어 학원에서 성적표 나왔어."

"헉! 야! 그런데 너 누나한테 강민지가 뭐냐?"

민우가 혀를 날름거리며 엘리베이터로 달려갔다. 민지는 엘리베이터를 타지 않고 계단으로 올라갔다. 창고 문손잡이를 있는 힘껏 잡아당겼지만 꿈쩍도 하지 않았다.

'틀림없이 여긴데… 아직 시간이 되지 않아서일 거야. 이제 아빠를 만날 수 있어. 아빠!'

민지는 주먹을 불끈 쥐고 억지로 어깨를 폈지만 곧 한숨이 나왔다. 집으로 들어갔다. 신발도 벗지 않고 눈치를 살폈다. 거실은 비어 있었다.

'엄마는 어디 있지? 빨리 내 방으로 들어가면…….'

그림자라도 그토록 소리 없이 걷기는 힘들었을 것이다. 막 방에 들어서는데 안방 문이 벌컥 열렸다. 엄마가 나왔다.

"민지야, 얘기 좀 하자."

민지는 거실로 갔다. 심장이 유리그릇 속 돌멩이처럼 덜그럭대는 것 같고 배도 아파 왔다. 엄마가 소파에 앉았다. 민지는 잔뜩 얼어 그 앞에 무릎을 꿇었다. 엄마가 영어 성적표를 내밀었다.

"어떻게 이런 점수를 받니? 너무 엉망이라 말이 안 나온다."

엄마 목소리가 떨리고 있었다.

"힘든 일이 많았다는 건 알아. 엄마도 힘들어. 하지만 우리 조금만 노력하자."

민지는 맘속으로 애원했다.

'제발, 울지 말아요, 엄마. 차라리 그냥 예전처럼 소리를 지르고 잔소리를 해요.'

또 배가 아파 왔다. 민지는 화장실로 뛰어갔다.

엄마는 영어 성적표를 민지 방 책상에 가져다 두었다. 책상 위 액자에는 민지와 아빠가 야구장 관람석에서 환하게 웃으며 찍은 사진이 있었다. 옆에 놓인 달력 7월 13일에는 붉은 동그라미가 몇 겹이나 쳐 있었다. 엄마는 두 손으로 얼굴을 가리고 소리 죽여 흐느꼈다.

잠잘 시간이 될 때까지 민지는 숨도 크게 쉬지 않았다. 민우가 민지 방으로 왔다.

"누나, 너, 더 알아낸 거 없어?"

"뭘?"

"그 두루마리 말이야."

"없어."

"그 수수께끼가 뭐였지? 날마다, 뭐더라? 그 두루마리 좀 줘 봐."

"됐어. 내가 알아서 풀어 볼 테니까 넌 이제 상관하지 마."

"뭐래? 혼자 푼다고? 누나 혼자서? 시간도 내가 맞췄잖아. 내가 도와줘야 빨리 끝날걸! 내놔 봐."

'이미 풀었거든. 이건 아빠가 나한테 보낸 비밀 신호니까 넌 이제 빠져.'

민지는 가방을 뒤지는 척했다.

"어! 어디 갔지? 두루마리가 없네."

민우가 책상 밑과 책꽂이 뒤까지 살피며 호들갑을 떨었다. 민우가 입을 삐죽거렸다.

"잃어버렸구나? 나한테 뺏어 갈 때부터 알아봤어."

"큰일 났다. 진짜 없어."

"쌤통이다. 메롱!"

민우가 나간 뒤 민지는 문을 꼭 닫았다. 두루마리를 꺼내 다시 보고 싶었지만 혹시라도 민우가 돌아올까 봐 참았다.

'이틀만 기다리면 돼. 아빠를 만날 수 있어.'

민지는 주말 내내 거의 방을 떠나지 않았다. 영어 문제집을 펼치고 책상에 딱 붙어 있었다. 민우가 들락날락하며 민지의 행동을 엄마에게 알렸다. 민지는 문을 잠그려다가 말았다.

'문을 잠그면 민우가 문 열라고 시끄럽게 굴 거야. 그러면 또 엄마가… 그래 내가 참자.'

민우가 없는 것을 확인하고 가방에서 수첩을 꺼냈다. 전에 적어둔 생일 계획을 고치기 시작했다.

어느새 까치걸음을 하고 들어온 민우가 민지의 어깨너머로 수첩을 훔쳐보았다. 민지는 팔로 얼른 수첩을 가렸다.

"누나, 너, 공부하는 거 아니지?"

"영어 공부하거든! 어서 나가."

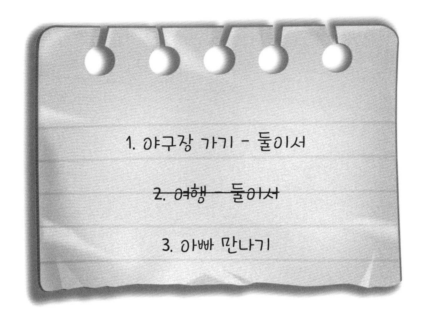

1. 야구장 가기 - 둘이서

2. ~~여행 - 둘이서~~

3. 아빠 만나기

"피! 거짓말. 지금 수첩에 쓴 게 영어단어냐?"

"상관 말고 나가."

"그거, 생일 계획이지? 다 봤어."

민지가 폭발했다.

"나가라니까!"

"엄마한테 다 이를 거야."

"네 맘대로 해!"

거실에서 엄마가 소리쳤다.

"또 왜들 그러니? 둘이 붙어 있지 마."

민우가 방을 나가며 혀를 쏙 내밀었다. 민지는 문을 쾅 닫았다.

엄마는 일요일 저녁이라 피곤하다며 일찍 잠자리에 들었다.

36

민우가 민지 방문을 열더니 삐죽 머리를 내밀었다.

"누나, 잘 거야?"

민지는 졸린 척 하품을 했다. 민우가 재촉하며 말했다.

"아직도 못 찾았어?"

"아휴, 졸려. 뭘? 아, 그 두루마리? 이제 관심도 없어. 누가 장난한 거라며?"

"어째 좀 수상한데. 내일 새벽 3시지? 내가 밤이 새도록 지킨다."

"그러든지! 난 잘 테니까. 어서 나가시지!"

민지는 옷도 갈아입지 않고 침대에 누워 코 고는 시늉을 했다. 가끔씩 문 앞에서 서성대는 발소리가 들렸다.

깜빡 잠이 들었던 민지는 머리맡 시계를 보았다. 2시 50분! 소스라치게 놀라 일어났다.

'3시까지 창고로 가야 하는데……'

민지는 서둘러 손전등과 배낭을 챙겼다. 살그머니 방문을 열었다. 민우는 잠들었는지 조용했다. 숨 죽여 현관을 빠져나오자 아파트 복도 등이 켜졌다가 꺼졌다.

'앗! 휴대폰을 놓고 왔어. 어쩌지? 돌아갔다가 민우가 깨기라도 하면……. 그냥 가자.'

민지는 배낭에서 손전등을 꺼냈다. 떨리는 손으로 창고 문손잡이를 돌렸다. 날카롭게 쇠 긁히는 소리가 났다. 온 아파트 사람이 다 일어날 것 같았다. 얼른 창고 안으로 들어갔다. 검정 물감에 머리를 박은 듯 아무 것도 보이지 않았다. 민지는 앞을 향해 나직이 외쳤다.

"아빠!"

소리가 울렸다. 손전등을 켜 창고 안을 살폈다. 창고 천장은 문에서부터 기울어져 안쪽 끝이 바닥에 닿았다. 그 끝에 나란히 선 시멘트 칸막이 세 개가 거대한 책꽂이처럼 보였다. 창문하나 없는 창고에 써늘한 바람이 휘돌았다. 민지는 어깨를 움츠렸다. 칸막이 가운데 칸에 검은 물체가 있었다.

"아빠?"

달그락거리는 소리가 들렸다. 민지가 한 번 더 아빠를 불렀다. 물체가 살짝 움직였다. 민지는 살그머니 창고 문을 닫았다. 쇠 긁히는 소리가 창고에 울렸다.

민지는 머무적거리며 물체에 다가갔다. 거대한 나무 궤짝이었다. 민지 키를 훅 넘는 높이에 넓이는 양팔을 벌려서 겨우 닿을 정도였다. 뚜껑이 조금 열려 있었다. 민지가 발꿈치를 들고 안을 들여다보려는 순간 느닷없이 뚜껑이 꽝 닫혔다. 민지는 궤짝에 귀를 대보았다. 바람 새는 소리가 들렸다.

"아빠야?"

안에서 뭔가가 나무 궤짝을 툭툭 두드렸다. 민지는 뚜껑을 밀어 올렸다. 너무 무거워 팔이 달달 떨렸다. 입술을 꼭 깨물고 힘껏 밀자 작은 틈이 생겼다. 민지가 그 틈으로 손전등을 비췄다. 갑자기 궤짝 안에서 헛기침 소리가 울렸다.

"어험! 치우지 못할까!"

궤짝에서 뾰족한 새 부리가 불쑥 튀어나왔다. 민지는 후다닥 뒤로 물러났다. 다리에 힘이 풀려 주저앉았다. 덜덜 떨리는 손으로 손전등을 움켜쥐고 앞을 비췄다. 궤짝을 비집고 부리 달린 새 머리가 나오더니 곧 창고를 채울 듯 부풀었다. 궤짝 밖으로 드러난 새 머리에는 여러 가지 빛깔의 깃털이 가득했다. 깃털 사이로 흰 칼 같은 검은 부리가 쑥 튀어나왔다. 부리 양옆에 사람 얼굴만큼 커다란 눈알이 희번덕거렸다. 한쪽은 붉고 한쪽은 하얬다.

민지는 비명을 질렀다. 다리가 후들거려 일어서지도 못했다. 새가 호령했다.

"네 이놈! 불빛을 치우지 못할까!"

민지는 입을 쩍 벌리고 쳐다보았다. 새는 민지 코앞에 날카로운 부리를 들이댔다.

"어서 일어나 명을 받아라."

민지는 넋을 잃을 지경이었다.

"정말 새 발바닥이었어. 새가 말을 하다니! 괴, 괴물이야!"

민지는 엉덩이를 뒤로 밀었다. 새가 닐 선 부리로 민지 눈을 노렸다.

"네가 가는 걸 허락하지 않는다. 내 얘기가 끝나면 가도록 하라."

민지는 눈을 꼭 감고 떨기만 했다.

"날 만나자고 하지 않았느냐!"

새가 다그치는 소리에 민지는 실눈을 떴다. 새도 눈을 가늘게 하고 마주보았다. 민지가 더듬거렸다.

"그, 그럼, 쪼, 쪽지를 보낸 새, 새 발바닥?"

"이런 무엄한! 내 이름을 알려 준들 부를 수도 없을 것이다. 헌데 새 발바닥이라니! 그럼 네가 그려 보낸 건 곰 발바닥이더냐?"

"아, 아니. 호랑이 발바닥! 아니 민지."

새는 머리를 궤짝으로 다시 밀어 넣었다. 그 틈에 민지는 몸을 돌려 기어갔다. 겨우 창고 문손잡이를 잡았지만 꿈쩍도 하지 않았다. 새가 말을 건넸다.

"이리 와서 내 이야기를 들어 보거라. 네 아비를 만나게 해 주겠다."

"우리 아빠?"

"건방진. 감히 네가 어찌! 말을 높이지 못하겠느냐!"

새는 다시 목을 뽑았다. 민지가 움찔 놀라 얼버무렸다.

"그, 그러니까 우리 아빠를 알아요? 아빠를 만났어요? 아빠는 어디 있죠?"

붉은 새 눈알이 터질 듯 부풀어 올랐다. 민지는 그 눈동자에 비친 자기 모습을 보았다. 마치 불구덩이에 빠진 것 같았다. 새가 눈을 한 번 껌벅거리자, 눈알이 흰색으로 바뀌었다. 눈동자에 희미한 형체가 나타나더니 점점 선명해졌다. 엄마와 아빠의 모습이 보였다. 구부러진 나무 앞에서 손을 잡고 웃고 있었다. 이때 새는 부리를 열어 혀를 내밀었다. 주먹만 한 돌기가 우둘투둘 올라온 혀끝에 휴대폰이 얹혀 있었다. 민지는 단번에 알아챘다. 민지랑 아빠가 함께 찍은 스티커 사진이 붙어 있었으니까. 민지가 손을 내밀어 잡으려는 찰나 새는 휴대폰을 궤짝 안으로 휙 내뱉었다.

"우리 아빠 휴대폰인데! 그거 어디서 났어요? 아빠한테 무슨 짓을 한 거예요? 혹시 아빠를 납치했어요?"

새는 민지가 묻는 말에 답하지 않고 다른 이야기를 꺼냈다.

"난 네 아비가 날 돕도록 허락했다. 하지만 네 아비는 일을 마치지 못했어. 그러니 이젠 네가 하도록 허락한다. 네 아비를 만나려면 먼저 넌 닫힌 그날에 갇혀 계신, 이름을 말할 수 없는 분을 풀어 드려야 하느니라. 일어나서는 안 되는 일이 있었던 그날, 그날의 주인은 그날로 들어가는 대문을 굳게 닫았다. 대문 이름은 윤(閏)오이일! 아무도 그 대문을 드나들지 못한다. 그날의 주인조차 그곳에 갇혔다. 그의 깊은 원한이 그날을 얼려 버렸다. 모든 이의 머리요 스승이고, 우러르는 해이자 달이며, 이름은 있지만 부를 수 없는 나만 거길 빠져나왔다. 얼어붙은 그날의 문은 윤달 5월 21일에 태어난 사람만이 윤달 생일에 그 문을 열 수 있다. 그래서 네 아비와 널 선택했다."

"이럴 줄 알았으면 안 왔을 텐데……. 난 아빠가 그 두루마리를 보낸 줄 알았다고요. 아빠와 내 생일은 어떻게 알아냈죠? 왜 우리예요? 그날 태어난 사람이 우리밖에 없어요? 다 거짓말 같아. 당장 아빠를 만나게 해 줘요."

"얼어붙은 문 너머 하늘이 무너지고 땅이 꺼진 곳! 울부짖음이 태풍으로 몰아치는 곳! 거기 계신 그분을 구하거라. 그러면 나도 네 아비가 있는 곳을 알려 주겠다."

민지는 어찌할 바를 몰랐다. 새가 하는 말을 믿자니 너무 거짓말 같았고 안 믿자니 아빠를 만날 기회를 놓칠 것만 같았다.

민지가 떨리는 목소리로 말했다.

"어… 어떻게요?"

새는 눈을 감더니 부리를 벌려 '꺽' 하고 트림했다. 이어 축구공만 한 뽀얀 알 하나를 토해 냈다. 알은 바닥에 부딪쳐 껍질이 둘로 쪼개졌다. 노랗다 못해 붉은자위와 흰자위가 흘러내렸다. 알이 빙글빙글 돌더니 붉은자위와 흰자위로 나뉘었다. 동그란 뭉치를 이뤄 탱탱하고 투명한 흰 구슬과 붉은 구슬이 되었다.

갑자기 새가 머리를 쑥 내밀었다. 놀란 민지 앞에서 머리를 흔들었다. 별나게 기다란 깃털 다섯 개가 볏처럼 높게 일어섰다.

"내 머리에 솟은 깃털 다섯 개를 뽑아라."

민지는 마지못해 깃털에 손을 댔다. 깃털은 대나무처럼 길고 두꺼웠다. 두 손으로 깃털을 잡아당겼지만 꿈쩍도 하지 않았다. 민지는 망설였다.

'지금이라도 창고 문을 열고 달아날까? 하지만 아빠를 만나야 해.'

민지는 빨강·노랑·검정·하양·푸른 깃털을 뽑았다.

"이게 뭐죠?"

"널 도와줄 물건들이다. 붉은 구슬은 해의 눈이고, 흰 구슬은 달의 눈이야. 이름을 불러 깨우면 자기 자리로 돌아갈 것이다. 그 푸른 깃털은 아무리 큰 바람이라도 단숨에 바람을 삼키지. 빨강 깃털은 불을 품고 있다. 노랑은 흙을, 검정은 물을 뿜어낸다. 하얀 깃털은 쇠로 된 물건을 만들어 낸다."

"뭐라는지 하나도 모르겠어요. 해와 달의 눈이랑 깃털들이 뭘 어쩐다고요?"

새가 쪼개진 알껍데기 두 개를 밟았다. 껍질은 납작하게 주름이 잡혀서 접는 부채처럼 보였다.

"그걸 펼쳐 보아라. 어떤 깃털을 사용할지 선택할 때 필요할 게야."

부채를 펼치자 글자가 나타났다.

'푸른 바람 모여 불타는 숨을 몰아쉬니
누런 흙이 흩날려 허연 쇠뼈 드러나고
검은 물이 흘러넘친다.'

한쪽 끝엔 전처럼 새 발바닥이 찍혀 있었다.

새가 구슬과 깃털에 입김을 뿜었다. 구슬은 손톱 크기로, 깃털은 볼펜만 한 길이로 줄었다.

"어서 잘 챙겨 두거라. 네가 어쩌지 못할 힘든 일이 생기면 깃털을 던지거라. 던질 때마다 깃털이 가진 힘을 큰 소리로 외쳐야 한다. 깃털은 한 번 쓰면 소용이 없어지니 잘 골라 써야 하느니라. 시간이 없으니 서둘러 가야 하느니."

민지는 배낭에 깃털과 구슬, 부채를 집어넣었다.

"어디를? 어떻게 가는데요?"

새가 궤짝을 내려다보며 말했다.

"대문으로 가는 길이 이 안에 있다. 거기서 보자꾸나!"

"뭐라고요?"

새는 대꾸하지 않고 궤짝으로 사라졌다. 뚜껑은 아직 열려 있었다. 민지는 궤짝에서 눈을 떼지 않고 뒷걸음질로 창고 문까지 갔다. 손만 뒤로 내밀어 문손잡이를 돌렸다. 삐걱 돌아갔다. 민지는 전등으로 궤짝을 비췄다.

'꿈이 아니야. 그 새는 어디서 왔지? 아빠를 알고 있는 게 분명해. 아빠가 어디 있는지 알고 있는 거야. 아빠를 만나려면 가야 해. 하지만 정말일까? 저 궤짝 어디에 길이 있다는 거지? 아빠 휴대폰이 저기 들어 있을 텐데. 살짝 들여다보기만 할까?'

민지는 내키지 않았지만 발걸음을 떼어 궤짝으로 다가갔다. 전등으로 궤짝을 가볍게 두드렸다. 안에서는 아무 소리도 들리지 않았다.

"저… 저기요? 새, 발바닥 님? 갔어요?"

민지는 침을 꿀꺽 삼켰다. 살그머니 궤짝 뚜껑을 들어 올려 안을 들여다보았다. 새는 온데간데없고 궤짝 안은 텅 비어 있었다. 궤짝 오른쪽 구석에 희미한 불빛이 보였다.

'도대체 어디로 사라진 거야? 바닥이 뚫린 것도 아니고. 바닥에 있는 저건 뭐지? 혹시 아빠 휴대폰?'

민지는 손전등으로 궤짝 안을 비춰 보았다. 텅 빈 줄 알았던 궤짝 안에는 시커먼 물질이 가득했다. 구석에 반짝이는 빛을 잡으려고 손을 내밀었다. 손이 쑥 들어가자 검은 물질이 출렁거렸다. 민지는 얼른 손을 빼냈다. 손에는 아무것도 묻지 않았다.

민지는 전등을 입에 물었다. 손으로 궤짝 가장자리를 단단히 잡고 몸을 들어 올렸다. 궤짝에 배를 걸치고 전등을 손으로 옮겨 잡았다. 궤짝 안 구석에 불빛을 자세히 보려 손전등 든 손을 쭉 뻗었다.

'뭐지? 바닥에 뚫린 구멍에서 빛이 나오는데…….'

이때 갑자기 구멍이 확 벌어졌다.

"헉!"

민지가 놀라 입에 물었던 전등을 떨어뜨렸다. 전등이 구멍 안으로 사라졌다. 오싹한 차가운 바람이 밑에서 불어왔다. 머리카락이 휙 날렸다. 민지가 몸을 젖히려고 다리를 버둥거렸다. 발이 땅에 닿지 않았다. 손을 위로 뻗어 뚜껑을 잡았다. 그 바람에 뚜껑이 닫히며 민지 등을 때렸다. 민지는 균형을 잃고 궤짝 안으로 빨려 들어갔다.

대문 '閨521'

민지는 한없이 떨어지다가 치솟았다. 사실 위아래를 알 수 없었다. 주변 온도가 낮아져 점점 더 추위를 느꼈다. 억센 바람이 민지를 할퀴고 숨을 막았다. 멀리서 아름다운 빛이 날아왔다. 엄청나게 큰 새가 보였다. 빛나는 새는 바람 속에서 민지를 낚아챘다. 민지는 어른 팔뚝만 한 굵기의 다리와 갈고리처럼 휜 발톱이 자신을 움켜쥔 것을 보고 소리쳤다.

"으악!"

새 깃털은 화려하고 눈부셨다. 돛처럼 펼쳐진 날개를 휘적휘적 저었다. 새는 민지를 쥐고 있었지만 아픔을 느끼게 꽉 붙잡지 않았다. 새가 머리를 숙여 민지를 보았다. 뾰족하고 검푸른 부리가 민지를 스쳐 내려갔다. 불붙은 자동차 바퀴 같은 눈동자가 민지 앞에서 빙글빙글 돌았다.

"그 궤짝에 있던, 새 발바닥이죠?"

새가 머리를 끄덕였다. 민지가 다시 물었다.

"어디로 가는 거예요? 여긴 어디죠?"

새는 대답 없이 앞을 보며 날개를 힘차게 저었다. 그렇게 한참을 날았다. 민지는 갈수록 추워서 손발이 시렸다. 새가 두어 번 날개를 퍼덕여 민지를 얼음벽 앞에 내려놓았다. 뒤로는 얼음벌판이 끝없이 펼쳐져 있었다. 새는 벌판 저 멀리 날아갔다. 민지는 하릴없이 새가 돌아오길 기다렸다. 얼음벽을 살피다 두꺼운 얼음에 눈을 가까이 대고 들여다보았다. 그때 바람과 함께 푸덕 푸덕 날개 치는 소리가 들렸다. 빛나는 새가 '꺄르르 끼야아' 울음소리를 내며 빠르게 날아왔다. 민지는 얼음벽에 달라붙었다.

"왜 이래요! 날 죽이려는 거예요?"

민지는 눈을 꼭 감았다. 새가 민지 앞에 멈추더니 부리로 얼음벽을 두드렸다. 곧 날개를 휘저어 얼음벽을 따라 솟구쳤다. 바람이 몰아쳤다. 민지는 머리를 감싸고 납작 엎드렸다. 그 바람에 배낭 안에 든 물건들이 쏟아졌다. 새는 돌아오지 않았다. 그제야 민지도 일어나 앉았다.

'새가 말한 얼음벽일까? 이 벽 뒤에 아빠가 있다고? 그런데 얼음을 어떻게 깨지? 새가 그 커다란 부리로 두드렸는데도 얼음 부스러기 하나 없잖아.'

민지는 바닥에 흩어진 깃털과 구슬, 부채를 보았다.

'이걸로 뭘 어떻게 하라고!'

민지는 부채와 깃털 다섯 개를 집어 들었다. 부채를 펼치자 글귀가 적혀 있었다. 민지는 천천히 글귀를 읽었다.

"푸른 바람 모여 불타는 숨을 몰아쉬니 누런 흙 흩날려 허연 쇠뼈 드러나고 검은 물이 흘러넘친다."

아무 일도 일어나지 않았다. 민지는 깃털을 던져 버렸다.

"날 보고 어쩌라는 거야! 이 나쁜 새야! 우리 아빠 내놔! 아빠!"

구슬 두 개가 굴러오더니 민지 발에 채었다. 민지는 구슬을 양손에 하나씩 쥐었다.

'이름을 부르라고 했지? 빨간 게 해고 하얀 게 달이었나? 이렇게 작고 차가운데 무슨! 해의 눈이라면 엄청나게 뜨겁겠지. 이런 얼음벽도 바로 녹일걸.'

민지가 왼손에 든 붉은 구슬을 보고 작게 외쳤다.

"해의 눈! 얼음을 녹여랏! 앗! 뜨거."

민지가 달군 쇠처럼 뜨거워진 구슬을 내던졌다. 구슬이 공처럼 튀어 올랐다. 오르고 올라 마침내 커다란 불덩이가 되었다. 멈춰 선 불덩이는 빙글빙글 돌며 뜨거운 빛을 내뿜었다. 그러자 얼음벽이 녹아내렸다. 얼음이 사라지자 뒤에 있던 거대한 문이 보였다. 대문은 2층 정도 높이인데 맨 위에는 기와를 얹은 지붕이 있었다. 대문 어귀는 셋으로 나뉘고 각각 문짝이 한 쌍씩 버티고 있었다. 가운데 어귀 문짝엔 쇠고리 두 개가 달려 있었는데 조그만 아이쯤은 쉽게 빠져나갈 크기였다. 문짝은 바다에 띄워 뗏목으로 쓴다면 사람 열 명은 너끈히 태울 크기였다. 문에 '閏 521'(윤 521)이라는 나무판이 걸려 있었다.

'이 문이 새 발바닥이 말한 그 대문이구나!'

문을 밀어 보았지만 꿈쩍하지 않았다. 얼음벌판이 녹아 출렁거렸다. 얼음물이 금세 발목과 무릎을 지나 허리까지 차올랐다. 민지는 발꿈치를 들고 팔을 뻗어 겨우 쇠고리를 잡았다. 대롱대롱 매달려 힘껏 흔들었다. 이때 문이 삐거덕 열렸다. 열린 문으로 물이 쏟아져 들어왔다. 민지는 물에 휩쓸려 떠내려갔다. 불덩이도 따라왔다. 저만치 또 다른 문이 보였다. 처음 들어온 대문보다는 좀 작았고 지붕은 거의 녹아 기와가 드러났다.

민지는 두 문 사이에
놓인 다리 기둥에 머리를 박았다.

대문이 '끽' 소리를 내며 닫혔다. 물이 밀려들어
돌기둥을 잡고 버티는 민지 등을 후려쳤다. 반대편
문에 부딪힌 물줄기가 솟아올라 공중을 휘돌더니 갑자기 내
리꽂혀 다리 아래로 들어갔다. 기둥에 매달렸던 민지는 힘이 빠
져 주르륵 미끄러졌다.

민지가 잡고 있던 돌기둥은 다리 난간 맨 앞에 있는 긴 엄지
기둥이었다. 이때 기둥 위 돌짐승상이 부르르 몸을 떨더니 날카
로운 이빨을 드러내며 윽박질렀다.

"누구냣! 나. 궁지기. 너. 허락 못. 나가!"

민지가 놀라 돌기둥을 놓았다. 달아날 곳을 찾아 두리번댔
다. 다리 밑에서 붉은 머리가 쑥 내솟았다. 날카로운 뿔 아래
부릅뜬 눈엔 핏발이 가득했다. 아래위로 삐죽삐죽 돋은 이빨에
서 물과 침이 질질 흘러내렸다. 붉은 머리는 콧김을 뿜으며 을
러댔다.

"침입자! 으스러뜨릴 테다."

엄지기둥 위 궁지기가 펄쩍 내리더니 쿵쿵 뛰어 다가왔다.

"내가. 눈 깜짝. 밖. 쫓아내!"

붉은 머리도 질 수 없다는 듯 다리 위로 몸을 쭉 뽑았다. 물기둥이 하늘로 솟았다. 살을 파고드는 차가운 물방울이 민지 머리에 뚝뚝 떨어졌다. 민지는 추워서 이가 딱딱 마주쳤다. 살그머니 올려다보았다. 붉은 머리가 서늘한 눈빛으로 으르렁댔다. 민지는 얼른 눈을 내리깔았다.

'어디로 가야 하지? 괴물들이 앞을 막았어. 대문 밖으로는 나가지도 못하겠어.'

붉은 머리가 몸을 숙여 내려왔다. 궁지기가 민지에게 달려들었다. 민지는 뒤돌아 냅다 뛰었다. 건너편 문에 몸을 날렸다. 문이 활짝 열렸다. 민지는 문 너머 마당에 나동그라졌다.

"아야!"

붉은 머리와 궁지기가 몸을 꼬고 문안을 들여다보았다. 안으로 들어오지 않고 그르렁댔다.

민지는 재빨리 일어나 문을 닫았다. 닫힌 문에 등을 대고 한숨을 돌렸다. 주위를 둘러보니 축구장만 한 마당에 넓적한 돌이 깔려 있었다. 마당 가운데를 가로질러 돌을 높여 길이 놓여 있었다. 끝에는 돌을 높이 쌓은 월대가 있고 그 위에 큰 기와집이 버티고 있었다. 마당을 빙 둘러 복도를 세우고 담으로 삼았다. 빽빽한 나무 기둥이 복도 지붕을 받쳤다. 집은 말할 것도 없고 마당 돌과 복도 기둥까지 온통 얼음에 싸여 있었다.

불덩이가 마당 위에 멈추자 얼음이 녹아내렸다. 곧 녹은 물이 차올라 민지의 무릎에 닿았다. 민지는 물을 피하려고 높은 곳을 찾아 월대로 뛰어갔다.

월대는 두 단으로 나뉘어 있었다. 월대에 오르는 계단마다 돌로 만든 해치가 두 마리씩 박혀 있었다. 민지가 계단에 발을 디딜 때마다 해치 네 마리가 계단에서 몸을 일으켜 부르르 다리를 털었다.

해치 넷이 동시에 뛰어올라 섞이더니 하나가 되어 바닥에 내려섰다. 해치 이마에 솟은 뿔은 굵은 송곳 같았다. 주먹이 들락거릴 만큼 커다란 콧구멍에서 푸른 연기가 나왔다. 휘날리는 눈썹 아래 툭 불거진 눈에선 쉴 새 없이 눈동자가 돌아갔다.

"감히 여길 들어오다니. 이유를 고하라!"

해치가 말하자 천둥이 치는 것처럼 땅이 흔들렸다. 민지는 주저앉아 버렸다. 입을 들썩이다 겨우 대답했다.

"괴물들에게 쫓겨서……."

"어디서 거짓말을! 널 쫓아온 건 괴물이 아니야. 그분 뜻을 받들어 다리를 지키는 사들이지. 멋대로 들어온 너를 막으려 했을 뿐. 이제 이곳! 바로 나! 이 해치가 지키는 정전에 침입한 이상 네 목숨은 내 뿔에 달렸다. 자, 이곳에 들어온 이유를 고하거라. 제대로 답하지 않으면 목숨을 내놓아야 할 게야!"

민지는 물에 흠뻑 젖어 추위를 느꼈다. 몸이 오들거려 목소리마저 저절로 떨렸다.

"나… 부…… 부탁을 받아서 왔어요."

해치가 자기 뿔을 만지며 중얼거렸다.

"흠, 거짓말은 아니로구나. 누구의 부탁을 받았느냐?"

"이름이 있지만 부를 수 없는 새 발바닥이……."

"무엇을 부탁했더냐?"

"이름을 말할 수 없는 사람을 풀어 달라고 했어요."

물이 점점 민지의 가슴까지 차올랐다. 겁에 질린 민지는 꼼짝할 수 없었다. 이때 해치가 맨 위 월대로 펄쩍 뛰어올랐다.

"쯧쯧. 계단에 다리가 박히기라도 한 게냐? 물을 게 많으니

당장 이리 오르거라!"

민지는 허우적대며 기어올라 간신히 월대에 올라섰다. 지붕 처마에서 얼음물이 투두둑 떨어지자 정전 건물 안으로 민지가 뛰어들었다. 해치가 어찌할 줄 몰라 마구 외쳤다.

"저런! 당장 게서 나오지 못할까! 나 해치도 못 들어가는 정전에 감히 네가!"

문지방까지 물이 넘실댔다.

"두고 보자! 내 뿔로 널 벌하고 말 테다!"

해치가 지붕으로 몸을 날렸다. 민지는 정작 가운데 높은 단 위로 올라갔다. 단 위에는 꽃과 덩굴이 조각된 의자와 하얀판 여덟 개를 이은 가리개가 있었다. 물이 계단을 넘어 찰랑거렸다. 민지는 의자 위에 올라섰다.

'이제 더 올라갈 곳이 없는데 어쩌지?'

민지는 위를 올려다보았다. 천장에 드리운 구름이 갈라지자 나무로 만든 새 두 마리가 보였다. 금빛 몸에 색색깃털을 가진 봉황이었다. 두 마리 봉황이 날개를 퍼덕이며 춤추듯 엉기더니 어느새

한 몸이 되었다. 봉황은 민지를 내려다보았다. 쏜살같이 내려
와 민지를 쪼았다.

"악! 이러지 마!"

비틀거리던 민지는 의자에서 미끄러져 계단을 굴렀다. 텀벙
물속으로 떨어졌다.

"으악, 사람 살려!"

민지는 발이 바닥에 닿지 않아 허우적거렸다. 팔다리를 내저
으며 잇달아 물을 마셨다. 눈앞이 흐려졌다. 봉황이 억센 발톱
으로 축 늘어진 민지를 건졌다. 밖으로 날아가 지붕 위에 내려
놓았다.

민지는 얼굴에 쏟아지는 뜨거운 김 때문에 정신이 들었다.
불이 번쩍이는 눈과 마주친 민지는 입을 깜짝 놀라 다물지 못
했다. 길게 누운 용이 민지를 바라보고 있었다. 채찍 같은 긴
수염이 숨결에 따라 흐느적거렸다. 콧구멍을 벌렁거리며 뜨거
운 김이 푹푹 뿜어져 나왔다. 용 뒤로 계단에서 만났던 해치와
봉황이 머리를 삐죽 내밀었다. 용이 눈을 희번덕거렸다.

"이 더럽고 하찮은 것들은 뭐야. 격 떨어지는 것들아! 당장
꺼져! 내 꼬리에 맞아 땅에 콱, 박혀 볼 테야?"

용이 꼬리를 흔들자 쇠붙이처럼 날카로운 비늘이 짤그락거

렸다. 갑자기 용이 비명을 질렀다.

"아이야야! 싸아울아비이, 네 이놈!"

지붕에서 뛰어내린 싸울아비가 용 꼬리를 냅다 밟고 민지에게 달려들었다. 싸울아비는 가슴 주변에 검고 작은 철판이 촘촘히 박힌 붉은 갑옷을 걸치고 머리에 검은 투구를 썼다. 시꺼먼 낯빛에 새빨간 수염을 길렀다. 싸울아비가 눈을 잔뜩 치켜뜨고 샛노란 눈동자로 민지를 노려보았다. 칼과 창을 민지에게 겨누고 소리쳤다.

"어잇! 침입자! 덤벼랏!"

해치가 싸울아비를 밀치고 민지에게 말했다.

"네가 여기 온 연유를 다시 자세하게 말해 보아라. 추호라도 거짓말할 생각은 말아야 하느니. 그랬다간 다신 입을 벌리지 못하게 만들어 줄 테닷!"

해치가 민지 머리에 뿔을 바짝 들이댔다. 날카로운 뿔에 민지 머리카락 몇 가닥이 잘려 떨어졌다.

민지는 넋이 나가 더듬더듬 지난 일을 이야기했다. 그래도 뭔가 꺼림칙해서 아빠 이야기는 하지 않았다. 민지가 이야기하는 동안 싸울아비와 용은 해치 뿔을 힐끔거렸다. 뿔은 조금도 움직이지 않았다. 해치가 다시 물었다.

"네 말을 증명할 수 있느냐?"

"아, 맞다! 새 발바닥이 보낸 두루마리가 있어요."

배낭 안을 뒤적거렸지만 두루마리는 없었다.

싸울아비가 그르렁거리며 소리쳤다.

"요것 봐라! 우릴 속여? 당장 널 끝장내 주마!"

해치가 끼어들었다.

"성급하긴……. 적어도 내 물음에는 진실을 말했느니. 거짓을 고했다면 내 뿔이 이렇게 잠잠할 리 있겠느냐? 그러기에 나를 진실과 거짓을 가늠하는 절대적인 존재, 해치라고 부르는 게야."

싸울아비가 툴툴댔다.

"으이그, 잘난 체하기는! 한판 붙어 보자! 덤벼!"

해치가 파르르 성을 냈다. 봉황이 그들 사이를 막아섰다.

"싸우지 마시오. 지금 물이 차오르고 있지 않소! 이제 모두 물에 빠져 죽을 판이란 말이오!"

용이 긴 수염을 흔들며 말을 던졌다.

"난 물속도 상관없드아!"

봉황이 나섰다.

"나도 날아가면 그만이지만 문제는 그게 아니라오. 아까 이 아이 말 못 들었소?"

용이 시큰둥하게 물었다.

"듣다마다. 어쩌고저쩌고 말도 엄청 많더군."

"야릇한 낌새를 못 맡았냐는 말이오."

용이 붉으락푸르락 성냈다.

"못 맡았드아! 어쩔래. 내 코가 벌렁거린다고 놀리는 거냐? 그래, 내 코 못생겼드아. 그래서 뭐!"

"어허. 내 얘긴 그게 아니라오……."

싸울아비가 투박하고 누런 손톱으로 반질거리는 검은 이마를 쓱쓱 긁어 대며 중얼거렸다.

"쳇! '이름이 있지만 부를 수 없는 새'의 부탁으로 왔다고 했냐. 그게 누구란 말이야? 설마, 이름이 있지만 부를 수 없는? 흡! 바로 그분? 하지만 새라니 그게 무슨 말이지?"

해치가 눈을 부릅떴다.

"그분을 용이나 봉황에 비유했던 사실을 잊었느냐? 바로 그분이 틀림없느니라. 그러니 말을 삼가거라."

"뭐라는 거야! 네 말은 '그분'이 이곳을 닫은 주인, 읍! 퉤 퉤! 왜 입을 막고 난리야! 싸우자! 덤벼!"

싸울아비가 입을 막은 해치에게 대들었다. 해치는 바닥에 손을 문질렀다.

"경거망동하지 말라 했거늘. 우리가 왜 여기 있는지 잊은 게 야? 이 아이 이야기를 더 들어 봐야 하지 않겠느냐."

해치가 민지에게 물었다.

"다시 말해 보거라. 누굴 풀어 주라고 했지?"

"이름을 말할 수 없는 사람."

주위가 다시 술렁거렸다.

민지는 주춤주춤 일어섰다. 그제야 자신이 기와집 지붕 위에 올라와 있다는 걸 알았다. 지붕에 남아 있던 얼음이 기와 골을 따라 녹아 흘렀다. 민지는 어찔해 다시 주저앉았다. 싸울아비가 닿을 듯 가까이 왔다. 성게 가시 같은 뻘건 수염이 민지 얼굴을 콕콕 찔렀다. 싸울아비는 손톱으로 민지 턱을 들어 올렸다.

"흥! 그런 중요한 일을 네게 맡겼다고? 너 같은 어린것이 뭘 할 수 있다고."

"몰라요. 내 생일이 윤달 5월 21일이라서 선택했대요."

"쳇! 그건 아까 들었고! 네가 가진 힘이 뭔지나 말해!"

"글쎄. 힘이 뭔지 모르지만 받은 게 있기는 한데……."

민지는 덜덜 떨리는 손으로 배낭에서 흰 구슬과 깃털 다섯 개, 부채를 꺼냈다. 그리고 살그머니 손가락으로 공중에 있는 붉은 해를 가리켰다.

"해의 눈은 아까 써 버렸어요."

싸울아비가 분홍 입술 사이로 퍼런 이빨을 드러냈다. 커다란 입을 실쭉 올리며 씩 웃었다.

"해의 눈? 으하하하! 우리를 얼음에서 풀려나게 한 저 불덩어리를 네가 가져왔다고? 이 조무래기가 끝까지!"

"얼음은 모르겠고 저 불덩어리, 해의 눈, 아니 붉은 구슬은 음, 그러니까 내가 한 게 아니고, 그 이름은 있지만……."

"야! 허풍 좀 그만 떨어! 얼음이 녹아서 물난리가 생긴 거고 얼음이 녹는 건 저 불덩어리 때문인데, 불덩어리가 실은 네가 가져온 해의 눈이란 말이지? 해의 눈을 준 사람은 닫힌 이곳의 주인… 읍! 퉤, 퉤, 왜 또 이래! 이제 정말 못 참아! 덤벼랏!"

해치는 손에 묻은 침을 탁 털고서 민지에게 말했다.

"그럼 네가 온 곳이 어딘지 말해 보거라."

"서울특별시……."

"듣도 보도 못한 곳이다. 너희 나라의 임금이 누구냐?"

"임금님이 아니라 대통령인데……."

모두 해치의 뿔을 살폈다. 해치도 눈을 치켜떠 제 뿔을 보았다.

"내 뿔 상태를 보면 이 아이 말엔 거짓이 없느니."

용과 봉황, 싸울아비, 해치가 머리를 맞대고 수군거렸다. 민지는 물건을 챙겨 주섬주섬 배낭에 넣었다. 갑자기 우지끈하는 소리가 들렸다. 모두 처마 끝으로 가 아래를 내려다보았다. 물이 이리저리 몰아치며 파도를 일으키고 있었다. 거의 반쯤 잠긴 정전 건물이 세게 흔들렸다. 너나 할 것 없이 지붕 꼭대기로 기어올랐다. 봉황이 호들갑을 떨었다.

"아이고, 이런! 그걸 잊고 있었다니. 어서 가져와야겠소."

봉황이 부산하게 날개를 펼쳤다. 정전 안으로 날아 들어갔다. 얼마 뒤 물을 떨치고 솟구쳐 날아올랐다. 발톱으로 의자 뒤에 있던 가리개를 꼭 쥐고 있었다. 봉황은 용이 누워 있는 지붕 맨 꼭대기에 접힌 가리개를 내려놓았다. 용은 조금도 자리를 내어 주지 않았다. 봉황이 눈을 부라리며 용을 꾸짖었다.

"그대가 감히 일월오봉병과 한자리에 누워 있겠다니 그게 가당키나 한 일이오? 어서 물러나시오!"

용도 지지 않고 말을 쏘아 댔다.

"일월오봉병이라구? 어디에 일월과 오봉이 있다니? 내 눈에는 아무것도 없이 텅 빈 흰 종이만 보이던데."

"그런 말을 하다니! 지금은 비었지만 이 가리개가 어느 분 것

인지 정녕 모른단 말이오? 이 가리개가 그분이라는 걸 잘 알잖소. 그러니 여러 말 말고 그 무례한 몸뚱이를 치우시오!"

용이 못 들은 척하고 딴청을 피우자, 모두 한마디씩 퍼부었다. 싸울아비가 창과 칼을 세워 들고 나서자 용은 마지못해 몸을 움직였다.

"참 나. 그만 좀 하라고. 꽉 막힌 답답이들아."

용이 비탈진 지붕을 스르륵 미끄러져 내려가 물속으로 모습을 감췄다.

물이 처마에 닿았다. 지붕은 물에 둘러싸인 섬 꼴이 되었다. 모두 어쩔 줄 모르고 갈팡질팡했다.

민지가 들릴락 말락 혼잣말을 했다.

"지붕이 배라면 떠다닐 텐데……."

해치가 벌떡 일어나 말했다.

"옳거니! 그거 참으로 좋은 묘수구나. 자! 모두 지붕 밑 나무 기둥을 잘라내도록 하라. 서둘러야 하느니!"

싸울아비가 칼로 지붕 밑기둥을 자르기 시작했다. 봉황은 지붕 꼭대기 용마루를 움켜쥐고 날갯짓을 하며 끌어 올렸다. 파도가 지붕을 덮치자 싸울아비가 칼을 집어던졌다.

"쳇! 이젠 틀렸어. 우린 다 물에 빠져 죽겠군."

그때 용머리가 물속에서 불쑥 솟았다. 용이 콧김을 세게 내쉬어 물방울을 튕겼다.

"한 가지는 확실히 해 두자. 내 머리가 너희들보다 훨씬 잘 돌아간다는 거야."

해치가 버럭 소리 질렀다.

"입 다물고 어서 당장 거들어라!"

파르르 성을 내며 용이 대꾸했다.

"그래? 아직 다들 덜 급한가 보군. 날 쫓아낼 땐 언제고!"

봉황이 나섰다.

"아까 내가 좀 과했나 보오. 나가라는 뜻은 아니었소. 도와주시오. 부탁이오."

"진즉에 그럴 것이지. 그렇게 내가 없으면 안 된다고 하니, 머리 좋은 내가 어디 힘 좀 써 볼까."

용은 지붕 밑으로 가서 기둥에 꼬리를 감더니 머리와 등으로 지붕을 밀어 올렸다. 그 모습을 본 해치가 구령을 붙였다.

"모두 힘을 모아 보자꾸나. 하나, 둘, 으라차차!"

민지도 슬그머니 기둥에 손을 대고 힘을 주었다. 드르륵 소리를 내며 지붕이 기울어졌다. 날렵하게 솟은 지붕 귀퉁이 한 쪽이 물에 잠겼다. 모두 소스라치게 놀라 반대편으로 갔다. 기울어졌던 지붕이 둥실 물에 떴다.

용은 지붕을 등에 지고 물을 떠다녔다. 봉황이 용마루를 잡고 퍼덕였다. 싸울아비는 창과 칼을, 해치는 머리를 숙여 뿔을 노 삼아 저었다. 잠시나마 모두 뿌듯한 마음이 되었다. 그러나 오래지 않아 용이 다시 짜증을 냈다.

"다들 놀잇배라도 탔니이? 아주 내 등에 눌러 살려고오?"

용이 민지를 보며 비아냥거렸다.

"잘난 네가 말해 봐. 어디로 갈까요?"

"그게, 그…그러니까……."

"어라, 잘 모르시는가 봐용."

민지는 기억을 더듬었다.

"뭐랬더라. '하늘이 무너지고 땅이 꺼진 곳, 울부짖음이 태풍으로 몰아치는 곳' 맞아요, 거기예요!"

0713 오전

　민우는 환한 빛에 눈을 떴다. 7시였다. 방문을 박차고 나가며
소리쳤다.

　"누나!"

　민지 방은 비어 있었다. 화장실을 두드렸다. 아무 대답이 없었
다. 허겁지겁 집 안을 뒤졌다.

　"엄마! 누나 봤어요?"

　주방에 있던 엄마가 칼질을 멈추고 되물었다.

　"아니. 방에 없어? 화장실 갔겠지. 생일 축하해 주려고?"

　"그게 아니라, 없다니까요. 전화했더니 휴대폰도 방에 두고 갔

더라고요. 틀림없이 수수께끼를 푼 거야. 치사해. 혼자 가다니!"

"어딜 갔다고?"

"진짜 나빠! 내가 왜 잠이 들었지! 이 바보 같으니."

민우는 속이 상해 자기 머리를 쥐어박았다. 엄마가 다그쳤다.

"민지가 이 아침에 어딜 갔냐니까?"

"아마 새 발바닥을 만나러 갔을 거예요."

"누구?"

민우는 그동안 벌어진 일을 털어놓았다. 어느 날 받은 새 발바닥 쪽지부터 수수께끼가 적힌 두루마리까지.

"이상한 건요, 만나자는 날이 누나 생일, 오늘이었어요. 오늘 새벽 3시!"

"이게 다 무슨 소리야. 어디서 누굴 만난다고?"

"새 발바닥이요. 장소를 못 풀었는데. 누나 혼자 알아냈나 봐요."

"민우야, 엄마 똑바로 봐! 그러니까 네 말은 누나가 오늘 새벽 3시에 그 새 발바닥인가 뭔가 하는 사람을 만나러 갔다는 거야?"

민우는 핼쑥해진 엄마 얼굴을 보았다. 고개를 끄덕거렸다. 엄마는 한 손으로 머리를 잡고 벽에 기댔다.

"그 두루마리는 어디 있니?"

민우는 잠시 쭈뼛거리더니 방으로 들어가 두루마리를 갖고 왔다.

"누나가 하도 얄밉게 굴어서, 슬쩍 가져왔어요. 저, 가지려고 그런 건 아니에요. 오늘 주려고 했어요. 정말이에요. 좀 만졌다고 막 뭐라 그러잖아요."

엄마가 두루마리를 펼쳐 읽어 내려갔다.

"이게 수수께끼라고?"

민우가 조곤조곤 설명했다. 엄마는 한숨을 내쉬었다.

"그렇게 답을 알아냈구나."

"시간은 제가 알아냈어요. 날짜는 누나가 찾았지만요. 근데 장소는 바로 이거예요."

민우가 손가락으로 글씨를 짚으며 읽었다.

"'날마다 보면서도 본 적은 없는 곳에' 이거요. 이걸 못 풀었어요. 근데 치사하게 누나 혼자 알아내서 간 거죠!"

엄마는 두루마리에서 눈을 떼지 못했다.

"이게 어딜까? 민지가 정말 거길 갔을까? 민지가 자주 다니던 곳부터 찾아봐야겠어."

엄마가 정신없이 집을 나섰다. 민우도 뒤를 따라갔다. 편의점과 분식집, 오락실 골목을 훑었다. 한 시간 정도 걷다 터덜터덜 집으로 돌아왔다. 둘은 아파트 엘리베이터를 탔다.

"날마다 본다고 했는데, 그게 어딜까? 민우야, 그 두루마리를 어디서 보았다고 했지?"

"아빠 자전거 바퀴에 꽂혀 있었어요."

"쪽지는?"

"집 앞에 달린 창고 있잖아요, 거기 문에요."

엘리베이터가 13층에 섰다. 엄마가 창고 문손잡이를 비틀었다. 문은 꿈쩍도 안 했다. 엄마가 아파트 관리실에 전화를 했다.

"여기 1305호예요. 저희 집 앞 창고 문 좀 열어 주세요. 네, 알아요. 하지만 몹시 급한 일이에요. 네, 네, 기다릴게요."

민우는 집으로 들어갔다.

"누나! 왔어?"

대답이 들리지 않자 민호는 잠시 후 입을 꼭 다물고 나왔다. 엄마와 민호는 창고를 막고 있는 자전거를 치웠다. 엄마는 안절부절못하며 계속 휴대폰을 열었다 닫았다. 전화한 지 20분이 지났다. 경비 아저씨가 열쇠를 들고 나타났다.

"사모님! 안녕하십니까? 비상대피소 열쇠 여기 있습니다. 창고가 아닙니다. 헌데 여긴 왜 보시려나."

"죄송한데 빨리 좀 열어 주세요. 찾을 게 있어요."

열쇠를 돌리자 창고 문이 삐꺽 열렸다. 안은 깜깜했다. 경비 아저씨가 엄마를 돌아보며 말했다.

"뭘 찾으시는지는 몰라도 전등이 필요하겠는데요."

아저씨가 휴대폰 전등을 켜고 앞장섰다.

"이거 먼지랑 곰팡이 냄새가 엄청나구먼! 어라? 저게 뭐지? 궤짝처럼 보이는데."

모두 나무 궤짝에 다가갔다. 엄마는 궤짝을 손으로 더듬었다.

"아저씨, 이게 원래 여기 있던 건가요?"

"그럴 리가요. 여긴 대피소로 쓸 곳이라 물건을 두지 않거든요. 그건 그렇고 이게 도대체 뭔가?"

"밖으로 가져가서 자세히 보면 안 될까요?"

꽤나 무거워서 세 사람은 낑낑대며 궤짝을 창고 밖으로 날랐다. 나무는 반질반질 윤이 나는 황갈색으로 여러 겹의 나이테가 아름다운 무늬를 만들었다. 엄마는 조심스레 궤짝 뚜껑을 열었다. 안을 들여다보고는 손으로 가슴을 쓸어내렸다. 아저씨가 설레발을 쳤다.

"아, 이거 그 뒤주네요. 그게 언제더라. 맞아 음력 설 막 지나서니까, 2월이네요."

엄마가 되물었다.

"2월이요?"

"네, 이제 확실히 기억납니다. 2월 첫 번째 화요일, 재활용 수

거 날이었어요. 뒷문 쪽에 이 뒤주가 있더라고요. 처음에는 누가 수거 딱지도 안 붙이고 버린 줄 알았지요. 사람들이 참 양심이 없잖아요. 그런 걸 처리하느라 제가 진땀을 뺍니다."

엄마가 재촉했다.

"그래서요?"

"그래서 제가 이걸 어쩌나하고 고민하고 있는데, 도로에서 누가 '잠깐만요. 그거 제 겁니다.'이러는 거예요. 보니까 사모님 댁 사장님이시더군요."

"애들 아빠요?"

"네. 고물 수거 트럭에 탄 사람과 이야기를 하고 계셨어요. 가끔 우리 아파트 주위를 도는 그 트럭 아시죠? 보기에 돈을 주시는 거 같더라고요. 사장님이 제게 오셔서 이러시더군요. '이거 너무 무거워서……. 죄송하지만 저희 집까지 같이 들어 주시겠습니까?'라고요."

엄마가 눈으로 재촉하든 말든 아저씨는 느긋하게 뜸을 들였다.

"사모님도 아시다시피 재활용 수거 날, 저희 경비들이 얼마나 바쁩니까! 하지만 저희 임무가 아파트 주민의 편리를 우선으로 하……."

"그래서요? 짧게 부탁드려요."

머쓱해진 아저씨가 서둘러 말을 끝냈다.

"그래서 댁까지 같이 들고 왔죠."

"근데 이게 왜 창고 안에 있어요?"

아저씨는 헛기침을 했다.

"흠. 그게 말입니다. 오해하시면 안 됩니다. 전 원래 주민들에게 돈을 받거나 하지는 않습니다."

엄마가 눈을 감고 숨을 내쉬었다. 아저씨는 슬쩍 엄마를 보았다.

"사장님이 '지금 여행을 가는 길이라 잠깐 창고에 보관하면 않되겠냐고 하시더군요. 그러고 보니 사장님도 비상대피소를 창고라고 하셨네요. 주민들께 다시 알려 드려……."

"그래서 얘들 아빠가 뭐랬다고요?"

"아, 제가 또! 짧게! 그러니까 사장님이 이러셨죠. '집에 두면 애들 엄마가 둘 곳도 없는데 주워 왔다고 질색을 할 테고, 작업실에 가져가기에 시간이 없어서요. 오래 걸리지는 않을 겁니다.' 라고요. 어찌나 간곡히 말씀을 하시던지……."

"그래서 창고에 넣어 두었다는 거죠?"

"네에. 설도 다 지났는데 굳이 설빔하라고 돈을 쥐어 주셔서……. 그러고는 그만 까맣게 잊었지 뭡니까. 참 좋은 분이셨는데."

아저씨는 다시 엄마 눈치를 살폈다.

"찾으시던 게 이 뒤주셨군요."

"아니에요. 창고를 좀 더 둘러봐도 될까요?"

"그러시죠. 다 보시면 꼭 전화 주셔야 합니다. 여길 열어 두면 안 되거든요."

엘리베이터의 내려가는 단추를 누르면서 조심스럽게 당부했다.

"저, 사모님. 관리소장님께는 사장님과의 일은 비밀로……."

"걱정 말고 가세요."

두 사람이 창고를 구석구석 빠짐없이 보았지만 먼지와 시멘트 가루 외에는 없었다. 엄마가 꺼져 가는 목소리로 말했다.

"가자. 여긴 아무 것도 없어!"

엄마는 집에 들어서자마자 까부라져 소파에 주저앉았다. 민우는 엄마 손을 꼭 잡았다. 엄마가 힘없이 눈을 깜박였다. 가득 고였던 눈물이 주룩 흘러내렸다.

"민지가 어딜 갔을까! 내가 너무 심하게 몰아쳤나 봐. 그래서 집을 나갔을까?"

"누나 혼나는 거야 늘 있던 일이었잖아요."

"그렇지? 새삼 더 심할 것도 없었어! 그럼 왜?"

"그 새 발바닥이라는 사람 정말 이상했어요. 쪽지에 쓴 글도 막 명령하는 식이고. 수수께끼로 누나를 꼬여 내서 잡아 가려고 했나? 누나가 납치됐을지도 모르잖아요."

엄마는 허겁지겁 휴대폰을 눌렀다.

"저기요. 경찰서죠? 우리 아이 좀 찾아 주세요. 연락이 되지 않아요. 그냥 사라졌어요."

엄마는 울지 않으려고 애쓰며 민우에게 들은 이야기를 옮겼다. 휴대폰 넘어로 경찰이 쯧쯧 혀를 차는 소리가 들렸다.

"이런 경우는 말입니다. 가출일 가능성이 높습니다. 요즘 심하게 야단을 맞거나 충격받는 일은 없었습니까?"

"있긴 했지만, 가출할 아이가 아니에요. 납치된 거라고요."

"그 새 발바닥한테 말이죠?"

"지금 웃으셨어요?"

"그럴 리가 있겠습니까! 어찌 되었든 좀 기다려 보시죠. 협박 전화가 오거나 납치되었다는 증거도 없지 않습니까!"

초인종이 울리자, 엄마는 전화를 끊고 문을 열었다. 긴 상자를 든 택배 아저씨가 서 있었다.

"강윤관 님 등기입니다. 가족이십니까?"

"저희 애들 아빠예요. 근데 누가?"

"나무연구소 이상천 씨라고 되어 있네요."

상자 안에는 다듬지 않은 기다란 나무와 편지가 있었다.

강 목수 보게나.

잘 있는가? 자네가 다녀간 지도 네 달이 지났구먼. 그때 자네가 부탁한 단풍나무 원목을 보내네. 딸 생일 선물로 야구 방망이를 만든다고 했지? 날짜에 맞춰 들어갔는지 모르겠네. 자네도 알겠지만 단풍나무 목재가 좀 귀하지 않나! 구하느라 애 좀 먹었네.

참! 자네가 얘기했던 그 뒤주 말일세. 그 뒤주에 쓰여 있던 한문을 옮겨 적었다고 보여 주지 않았나. 그 한문이 무슨 뜻인지 알아냈나? 여기저기 알아보니 꽤나 유명한 글이더구먼.
영조 임금이 아들인 사도세자를 죽게 만든 뒤 후회하며 쓴 글이라네.
비정한 아버지가 쓴 글치고는 무척 애절하지 않은가! 게다가 사도세자가 죽은 곳이 뒤주라고 하니, 자네가 발견했다는 그 뒤주가 영 예사롭지가 않네그려. 잘 간직하게나. 혹 알겠는가, 그 뒤주가 역사의 증거물일지.

지난달 초에 자네가 머물렀던 산장으로 옮겼다네. 저번에 약속한 대로 자네 가족들과 함께 오면 기꺼이 비켜 줄 테니 걱정 말게.

잘 지내게. 다시 봄세!

7. 9. 이 상천

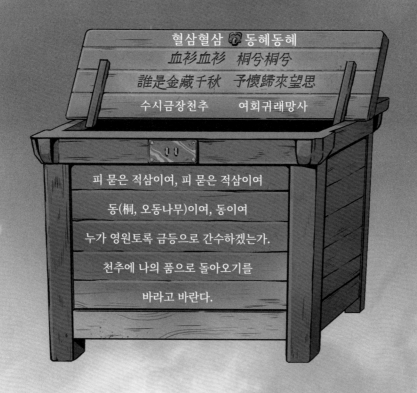

혈삼혈삼 🐚 동혜동혜

血衫血衫　桐兮桐兮

誰是金藏千秋　予懷歸來望思

수시금장천추　여회귀래망사

피 묻은 적삼이여, 피 묻은 적삼이여

동(桐, 오동나무)이여, 동이여

누가 영원토록 금등으로 간수하겠는가.

천추에 나의 품으로 돌아오기를

바라고 바란다.

추신

자네 왜 전화가 안 되나?

저번처럼 또 계곡물에 빠져서 휴대전화가 고장 난 건가? 그 계곡

너무 위험해. 그리 다니지 말라니까……

이 편지 받으면 연락 주게.

참, 산장에 전화 놨네. 055-731-6031

엄마는 편지를 다 읽자마자 벌떡 일어나 복도로 나갔다. 뒤주를 샅샅이 훑어보기 시작했다. 겉에는 아무 것도 씌어 있지 않아 뚜껑을 젖혔다. 민우가 외쳤다.

　"여기 뭐가 적혀 있어요."

　"아까 그 편지 가져와 봐. 어서!"

　부리나케 편지를 가져왔다. 엄마는 편지와 뒤주에서 눈을 떼지 못했다. 민우는 휴대폰 검색 창에 '영조 사도세자 뒤주'라고 쳤다. 올라온 정보를 읽다가 엄마에게 보여 줬다.

　화면을 읽던 두 사람이 놀라 서로의 얼굴을 마주 보았다.

2:16

〈　영조 사도세자 뒤주　🔍　☰

1762년 윤 5월 13일
영조는 사도세자를 뒤주에 가둔다.
여드레 후인 윤 5월 21일
세자가 사망한다.
세자가 물 한 모금 마시지 못하고
뒤주에 갇혔던 8일간에는
복날이 끼어 있었다.

울부짖는 그곳

해치가 민지 말을 한 자 한 자 힘주어 되뇌었다.

"하늘이 무너지고 땅이 꺼진 곳, 울부짖음이 태풍으로 몰아치는 곳!"

싸울아비가 수염을 뻑뻑 문지르며 민지에게 물었다.

"대체 그곳이 어디냐고?"

민지는 고개를 저었다.

"쳇! 저 불덩이로 물바다를 만들어 놓고도 모른다! 물에 흘딱 젖어 지붕에 달랑 올라앉은 생쥐 꼴을 만들어 놓고도 갈 곳을 모른다! 정말 짜증나 죽겠네."

물에서 모락모락 김이 솟고 있었다. 별안간 후끈한 김이 뭉클 끓어올라 지붕을 덮쳤다. 안개가 짙어 앞이 보이지 않았다. 싸울아비가 창을 꼬나 들고 몰려드는 안개를 향해 찔러 댔다.

"으잇! 이건 또 뭐야! 뭐든 덤벼, 내가 다 상대해 주겠어."

봉황이 헉헉거렸다.

"괜찮다면 잠깐 쉴까하오만."

용이 머리를 쭉 뽑고 소리 질렀다.

"으아악! 나도 힘드러어. 너희가 쉬면 나도 더 이상 이걸 떠메고 있지만은 않을 거라구루. 아이쿠!"

용은 갑자기 나타난 기둥에 쿵 하고 머리를 박았다. 지붕이 앞뒤, 옆으로 흔들리더니 기우뚱거렸다. 안간힘을 쓰고 버티던 봉황은 숨이 턱에 닿아 외쳤다.

"더는 못 버티겠소!"

흔들거리던 가리개가 쓰러져 굴렀다. 봉황이 지붕을 놓고 냉큼 병풍을 잡았다. 지붕이 천천히 물속으로 가라앉았다. 창과 칼로 노 젓던 싸울아비 손이 더 빨라졌다. 해치 역시 물속에 머리를 박고 뿔을 저었다. 민지도 배를 깔고 엎드려 두 손으로 물을 헤쳤다. 갈수록 물이 뜨거워졌다. 텅, 하고 지붕 한쪽이 바닥에 닿았다. 화들짝 놀란 용이 잽싸게 밑에서 몸을 뺐다. 쿵쾅 소리와 함께 지붕이 바닥에 닿아 멈춰 섰다. 물이 부글부글 끓었다. 모두들 뜨거워진 물을 피해 꼭대기로 올라가 다닥다닥 붙어 앉았다. 용이 뒤따라 뛰어오르더니 꼬리를 휘두르며 소리쳤다.

"아아악! 뜨, 뜨거워어!"

펄펄 끓는 물이 수증기가 되어 점점 줄었다. 사방을 꽉 재우고 있던 뜨거운 안개도 없어졌다. 가렸던 앞이 보였다. 아직 마당을 벗어나지도 못한 지붕은 마당 가운데 떡하니 자리를 잡았다. 불덩이는 빙글빙글 돌며 빛과 열을 쏟아냈다. 돌들이 뜨끈뜨끈 달구어졌다. 지붕을 덮은 기와도 열을 받아 지글거렸다. 다들 마당을 빙 둘러 친 복도 그늘로 피했다. 싸울아비가 머리에 쓰고 있던 투구를 벗어 내동댕이쳤다.

"참을 수가 없어! 얼었다가 물에 빠졌다가 삶아지기 직전에 겨우 목숨을 건졌나 했더니 이젠 구이가 될 판이네. 이게 다 저 계집애 때문이야!"

배낭을 벗어 두고 구석에서 땀을 닦던 민지는 움찔하고 놀랐다. 싸울아비가 다가와 민지 주위를 빙빙 돌았다. 노래를 부르듯 구시렁거렸다.

"이게 다 저 불덩이가 된 해의 눈 때문이라네. 이게 다 저 불덩이가 된 해의 눈을 가져온 이 녀석 때문이라네. 이게 다 저 불덩이가 된 해의 눈을 가져온 이 녀석에게 그걸 준 그분……."

해치가 싸울아비의 말을 잘랐다.

"네가 받은 것들 다시 꺼내 보거라."

민지는 배낭 속 물건을 모두 꺼냈다. 부채를 펴며 말했다.

"이 부채에 새가 알려 준 시가 적혀 있어요. '푸른 바람 모여 불타는 숨을 몰아쉬니 누런 흙'이라는 구절이에요."

싸울아비가 힐끔 부채를 보았다.

"쳇! 아무것도 안 보이는데 뭐가 적혔다는 게야? 다시는 거짓 말을 못 하게 아주 혼쭐을 내 주마!"

해치가 싸울아비를 밀어내고 부채를 살펴봤다. 뿔을 쓰다듬더니 고개를 저었다. 민지는 부채를 만지작거렸다. 해치가 구슬을 들고 물었다.

"이것도 해의 눈이더냐?"

"이건, 달의 눈이라고 했어요. 해의 눈도 처음에는 차가웠는데 내가 이름을 부르니까 갑자기 뜨거워졌어요. 앗, 잠시만요. 해는 뜨겁고 달은 차가우니까 달의 눈은 얼음을 만들 수 있지 않을까요?"

"달의 눈, 나왓!"

싸울아비가 냉큼 외쳤다. 돌아서 있던 봉황이 날개로 싸울아비의 이마를 후려갈겼다. 싸울아비가 단번에 봉황 멱살을 잡고

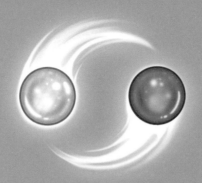

으르렁댔다. 구슬에는 아무 변화도 없었다. 용이 한숨을 내쉬며 말했다.

"하찮은 것들! 젠 허풍 떠는 거짓말쟁이 어린애라구우! 차라리 내 코딱지가 진주라는 말을 믿는 게 낫겠드아."

모두들 민지를 에워쌌다. 해치가 뿔을 흔들었다.

"내 뿔이 진실을 가려줄 게야. 네가 직접 말해 보거라!"

민지가 떨리는 목소리로 외쳤다.

"달의 눈!"

손바닥 위의 구슬이 희다 못해 퍼런 얼음처럼 변했다.

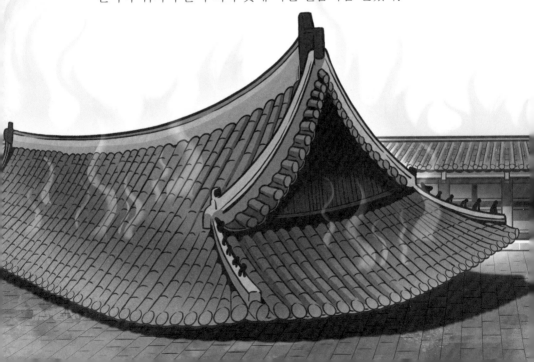

"앗! 차가워!"

민지는 손이 시려 구슬을 공중으로 던졌다. 구슬이 하늘로 둥실 떠오르더니, 불덩이 근처까지 올라가 멈췄다. 붉은 불덩이와 퍼런 눈덩이가 원을 그리며 맞물려 돌아갔다. 더위가 가셨다. 불판같이 뜨겁던 돌들도 피식 식었다. 서늘한 기운이 감돌았다. 봉황이 가리개를 보며 방정을 떨었다.

"이것 좀 보시오! 일월이 돌아왔소!"

가리개에 붉은 해와 하얀 달이 있었다.

봉황이 말을 이었다.

"이걸로 충분히 증명되었소.

난 이제 이 아이를 믿겠소.

우리는 이 아이가 말한

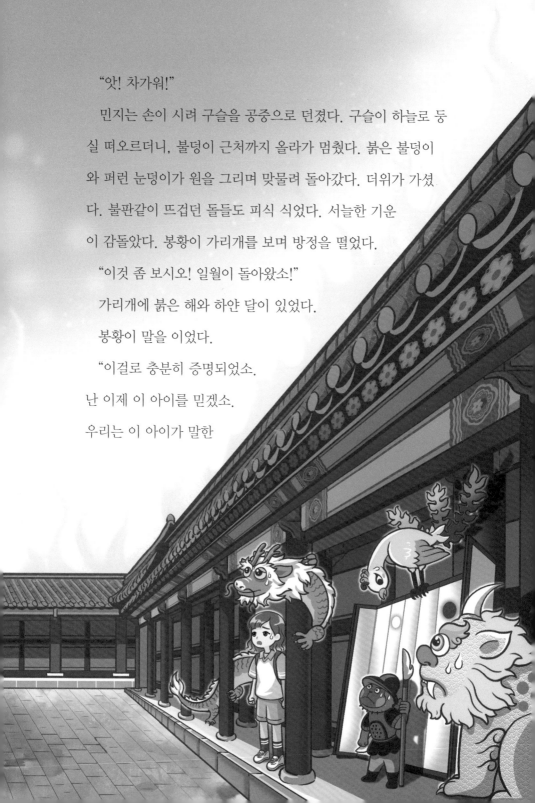

그곳으로 빨리 가야 하오!"

싸울아비가 삐죽거렸다.

"쳇! 어딘지 알아야 갈 것 아니야⋯⋯."

봉황이 나섰다.

"내게 맡기시오. 높이 오르면 뭔가 보일시도 모르지 않소."

봉황이 날아올랐다. 배를 깔고 누워 있던 용이 기지개를 켜며 거들먹거렸다.

"머리 나쁜 네가 가 봐야 뭐를 알겠니이. 에그. 귀찮지만 어쩔 수 없지이."

용도 솟아올랐다. 민지는 복도 기둥에 기대 눈을 감았다. 곧 꾸벅꾸벅 졸기 시작했다.

봉황이 돌아왔다. 용이 뒤따라와 봉황을 밀치고 설레발을 쳤다.

"찾았드아! 내가 먼저 찾았다구우."

해치 뿔이 부르르 움직였다. 용이 얼른 배를 가리며 봉황 뒤로 물러났다.

봉황이 이야기했다.

"거기였소. 입 밖에 내서는 안 되는 일이 일어난 곳."

용이 끼어들었다.

"그곳에서 발톱을 세우며 도사리고 있던 어둠과 눈이 딱 마주쳤다구우. 너희들은 보기만 해도 너무 무서워서 오줌을 찔끔 거렸을걸. 난 다앙당하게 마주봤지이."

해치 뿔이 부르르 떨렸다. 용이 배를 깔고 뒷걸음질을 쳤다.

"그, 그러지 마! 지… 진정해. 실은 본 건 아니었구, 끔찍한 소리는 분명히 들었어."

싸울아비가 창을 짚고 벌떡 일어났다.

"드디어 나타났군! 좋아, 뭐든 덤비라고 해!"

봉황이 가리개를 잡고 앞섰다. 싸울아비도 봉황의 뒤를 바짝 쫓았다. 이어서 민지와 해치가 따랐다. 그 모습을 보고 용이 혀를 찼다.

"어이구, 바보들, 용감한 척하기는 난 먼저 간다아!"

용은 무리 머리 위로 날아갔다. 봉황이 민지가 물기둥을 피해 들어왔던 대문을 훌쩍 넘어갔다. 싸울아비가 문을 열고 계단을 내려가 다리에 이르렀다.

엄지기둥 궁지기가 물었다.

"어디?"

싸울아비가 설명했다.

"그분이 시키신 일을 하러 가는 거야. 앞에서 걸리적거리지 말고 비켯!"

궁지기가 펄쩍 뛰어내려 민지 앞을 막아섰다.

"다 가. 넌. 안 돼!"

다리 아래로 흐르던 시퍼런 물이 스르르 몸을 세워 붉은 머리를 들어 올렸다. 민지 눈앞에서 으르렁댔다.

"크르릉. 으스러뜨릴 테다."

해치가 달랬다.

"그분이 보내신 아이니라. 너희들이 나설 일이 아니니 비키거라."

궁지기가 도리질을 쳤다.

"이 아이. 침입자. 나. 같이. 따라. 감시. 허튼 짓. 물어뜯. 걷어차. 대문 밖."

궁지기는 민지 곁에 바짝 붙어 걸었다. 붉은 머리는 민지가 다리를 다 건너가는 내내 노려보다가 다리 아래로 내려갔다. 무리는 다리를 지나 오른쪽 길을 따라갔다. 나뭇가지들이 얼크러져 헤치고 나가기 어려웠다. 싸울아비가 칼로 가지를 쳐냈다. 가지가 잘린 나무들이 낮은 신음소리를 냈다. 더러는 잘리지 않은 가지로 싸울아비 뺨을 찰싹 때렸다. 싸울아비가 닦아 세웠다.

"아얏! 길 막지 마. 그분 뜻을 받은 우릴 거스르겠다고? 그렇

담 다 잘라 버릴 테다! 덤벗!"

나무들은 느릿느릿 길 위에 가지를 늘어뜨렸다. 무리가 걸어가자 가지가 밟혀 우두둑거렸다. 나무들이 쿵쿵 신음하며 들썩댔다. 민지는 발꿈치를 들고 어떻게든 살살 걸으려 애썼다. 마침내 길이 끝났다. 길 끝에는 쇠로 만든 문이 있었다. 문 윗부분은 검은 먼지에 가려 보이지 않았다. 손잡이도 없었다. 갈라진 틈마다 벌건 녹이 슬어 있었다. 문 너머에서 '뜨어엉 뜨어엉' 울부짖는 소리가 들렸다. 봉황이 속삭였다.

"바로 여기요."

싸울아비가 문을 밀었다. 옴짝달싹도 하지 않았다. 해치가 힘을 보탰다. 여전히 움직이지 않았다. 모두 달려들어 힘을 모았다. 민지도 도우러 갔지만 끼어들 틈이 없었다. 뒤로 물러섰다. 궁지기는 민지 주위를 서성였다.

"영차!"

"삐꺽."

문틈이 조금 벌어지다가 다시 닫혔다. 녹슨 가루가 부스스 흩어져 내렸다. 싸울아비가 뒤를 돌아보고 짜증을 냈다.

"쳇! 냉큼 달려와서 돕지 못해!"

민지가 머뭇거리며 다가갔다. 궁지기도 뒤섰다. 문 위 지붕에

납작 엎드려 있던 용도 슬그머니
내려왔다. 함께 온 힘을 다해 문을 밀었다.

"영차!"

"뿌직, 빠지직, 쾅!"

문이 열렸다. 모두 안으로 발을 디밀었다. 갑자기 검은 회오
리가 몰아쳤다. 기다렸다는 듯 앞서 있던 싸울아비를 빨아들였
다. 해치가 발을 돌렸지만 이미 늦었다. 허둥지둥하는 사이 모
두 회오리 속으로 휘말려 들어갔다.

회오리 속은 모든 것이 뒤죽박죽 엉망진창이었다. 뿌리 채
뽑힌 나무들, 자갈, 바위, 창과 칼이 씽씽 날아다녔다. 가리개
가 아슬아슬하게 민지를 스쳤다. 봉황이 가리개를 잡으려 헛되
이 날갯짓했다. 싸울아비는 헤엄을 치듯 버둥대다
가 창을 놓쳤다. 궁지기가 민지 다리를 틀어쥐고
버티다 날아갔다. 해치가 목청이 터져라 외쳤다.

"그분이 주신 깃털을 꺼내 거라! 어서!"

민지는 등에 멘 배낭 어깨걸이를 단단히 그러
쥐고 앞으로 돌려 멨다. 배낭을 열었다.

금세 바람이 가득 차 낙하산처럼 불룩해
졌다. 팽팽하게 앞으로 당겨졌다.

부채를 잡았다. 그사이 깃털들은 바람에 밀려 배낭 바닥에 착, 붙었다. 민지가 부채를 조금 펼쳤다. 바람 때문에 금방이라도 찢어질 것 같았다.

'푸른 바람 모여 불타는 숨을 몰아쉬니 누런 흙이 흩날려 허연 쇠뼈 드러나고 검은 물이 흘러넘친다! 맞아, 푸른빛이야.'

민지는 부채를 옷 안으로 밀어 넣고 푸른 깃털을 잡으려 손을 뻗었다. 닿을락 말락 했다. 겨우 잡은 순간 배낭이 미끄러져 날아가 버렸다. 손가락 두 개로 간신히 잡은 깃털을 놓치기 직전에 민지가 소리쳤다.

"푸…… 푸른 바람!"

깃털이 눈 깜짝할 새에 사라졌다. 바람 속도가 더 빨라졌다. 회오리는 모든 것을 몰고 한 곳으로 향했다. 집채만 한 푸른 깃털이 선풍기 날개처럼 뱅글뱅글 돌며 바람을 빨아들였다.

"휘이입, 휘입!"

여기저기서 비명이 들렸다.

"이게 다 무어란 말이오!"

"야! 다 덤벼!"

"나한테 가암히! 이 하차느은 것드리이!"

깃털은 팽이에 감은 줄을 잡아당기듯 바람이 돌리던 것들을

'꿀꺽' 삼켜 버렸다. 곧 껄끄러운 건더기들이 뒤로 튕겨 나갔다. 나무와 돌, 온갖 무기들, 싸울아비와 봉황, 해치, 궁지기, 용, 민지는 세차게 흩뿌려졌다. 바람을 삼킨 깃털은 멀리 날아갔다. 바람이 사라진 뿌연 공중은 말랑거리는 고무 같았다.

"에이취이. 에이취이!"

용이 요란하게 기침을 했다. 머리에서 시작된 흔들림이 꼬리까지 이어졌다. 꼬리는 앞뒤 옆으로 쉴 새 없이 움직였다. 용 꼬리께 있던 궁지기는 세게 엉덩이를 걷어 차이고 튕겨 나갔다. 거꾸로 서서 버둥대던 싸울아비도 궁지기에 부딪혀 저만치 팽개쳐졌다. 해치는 날아오는 싸울아비를 보고 몸을 틀다가 솟구쳐 올랐다. 이런 마당이니 제자리에 가만히 있는 게 없었다. 공처럼 튀어 오르고 서로 박치기를 하고 이리저리 들이박았다. 북새통이었다.

민지는 용케 이 법석을 비켜 가만히 있었다. 머릿속에는 물음표가 넘쳤다.

'정말 푸른 깃털이 바람을 없앴나? 내 배낭은 어디 있지? 여긴 하늘이야? 땅은 어디고? 언제까지 이러고 있어야 해?'

여기저기 아우성이 커졌다. 눈동자를 한껏 굴려 옆을 보았다. 커다란 나무 한 그루가 팽이처럼 돌며 닿는 건 뭐든 날려 버렸다. 거미줄같이 얽힌 가지가 민지를 잡아챘다. 민지는 가지를 단단히 움켜쥐었다. 도는 속도에 머리가 저절로 젖혀졌다. 나무는 가늠할 수 없이 컸다. 바짝 마른 가지들이 우둑거렸다. 나무뿌리 사이에 언뜻 배낭이 보였다. 배낭이 있는 뿌리까지 가려면 복도같이 널따란 나무 몸통을 지나야 했다. 똑바로 서 있는 나무에서도 위험한 일이겠지만 지금처럼 뱅뱅 돌며 날아가는 나무에서는 손가락 하나 떼기도 힘들었다.

집채만 한 바위가 날아와 나무 몸통을 쾅, 받았다. 몸통에 틈이 벌어졌다. 나무는 반대편으로 팽개쳐졌다. 가지가 찢어지도록 부르르 떨며 뜨어엉 울었다. 민지는 가지를 놓쳤다.

"아아악!"

길게 늘어진 뿌리가 민지 다리에 감겼다. 나무가 서서히 멈추고 있었다. 꽉 감고 있던 눈을 떴다. 거꾸로 늘어져 있기는 해도 바람을 맞닥뜨리던 가지에 비해 훨씬 견디기 쉬웠다. 뿌리에 엉켜 배낭이 흔들거렸다. 뒤엉킨 뿌리를 살살 당겼다. 배낭 뚜껑이 열려 있었지만 깃털들은 무사했다. 민지는 마음이 바빴다.

'여길 벗어나려면 어떻게 해야 할까? 어디든 콱 발을 디디면, 그래, 땅이 필요해. 흙!'

부채를 펴 시를 읽었다.

'누런 흙, 노란 깃털이다!'

민지가 노란 깃털 끝을 잡아당겼다. 앞에서 싸울아비가 날아 오며 외쳤다.

"비켜랏!"

그대로라면 민지는 정면으로 받힐 판이었다. 몸을 세워 보려 고 닥치는 대로 뿌리를 잡아당겼다. 싸울아비가 냅다 들이받았 다. 나가떨어지면서 민지는 노란 깃털을 흔들었다.

"누런 흙!"

깃털에서 풀썩 먼지가 올라왔지만 그뿐이었다. 좀 더 세게 휘둘렀다. 아무 일도 일어나지 않았다. 민지는 당황했다.

'왜 이러지! 이게 아닌가? 아! 맞아.'

민지는 깃털을 날렸다. 깃털이 둥실 떠오르더니 누런 흙이 우르르 쏟아져 내렸다. 바람 빠지는 풍선처럼 깃털은 빙빙 돌 아 달아났다.

깃털이 뿜어낸 흙이 쌓여 산과 언덕을 이루었다. 떠 있던 나 무와 바위 들이 흙 위에 쿵쿵 내려앉았다. 여기저기서 '어이 쿠', '꽈당' 하는 소리가 났다. 민지도 흙에 등을 세게 부딪고 나동그라졌다.

용과 봉황이 먼저 와 숨을 돌렸다. 봉황은 파묻혀 있던 가리개를 꺼내 흙을 털었다. 민지는 배낭을 끌어안고 바위에 걸터앉았다. 싸울아비가 놓쳤던 창과 칼을 찾아 들고 왔다. 곧이어 해치가 절뚝거리며 다가왔다. 궁지기가 민지 옆으로 달려와 흙에 널브러졌다.

"헉, 헉! 너. 딱. 도망 못."

싸울아비가 일어나 나무와 바위 사이를 돌아다녔다.

"야! 너희들 이상한 거 모르겠냐? 여긴 아주 이상해. 나무가 저렇게 많은데 잎사귀 하나 안 달렸잖아!"

용이 쯧쯧 혀를 찼다.

"너도 참, 머리가 나쁘구나. 우리가 겪은 회오리를 생각해 보라구. 이파리가 남아나겠니?"

싸울아비가 콧방귀를 뀌었다.

"쳇! 풀도 물도 없다고. 우리 외에 살아 움직이는 거 봤냐? 하다못해 곤충이라도?"

민지는 빨강·하양·검정 깃털을 꺼냈다. 부채도 펼쳤다.

'세 개 남았어. 푸른 바람, 누런 흙은 썼으니까 불타는 숨, 허연 쇠뼈, 검은 물이겠지? 하얀색은 쇠뼈, 검은색은 물, 그럼 빨간색이 불타는 숨일까?'

해치가 민지 옆에 앉았다.

"참으로 놀라운 깃털이로구나. 이제 남은 깃털이 몇 개나 되느냐?"

민지가 깃털을 내밀었다. 해치가 뿔을 쓱 만지더니 말했다.

"흠……. 앞으로 어떤 일이 일어날지 모르겠지만 널 믿기로 하마."

해치가 봉황을 돌아봤다.

"올라가 주위를 살펴보고 오라."

축 처진 봉황이 가까스로 입을 열었다.

"머리 흔들 힘도 없소."

용이 지레 손사래를 쳤다.

"나도 안 돼. 꼬리가 흙에 박혀 버렸어."

이내 해치 뿔을 힐긋 보고는 실쭉거렸다.

"이를테면 말이 그렇다구. 어쨌든 나는 조금 쉬어야겠어."

해치가 말했다.

"그만두거라. 저 숲, 큰 나무를 타고 올라가면 멀리까지 보이지 않겠느냐. 나무타기라면 여기 그 누구보다 내가 월등할 게야."

해치는 곧 눈으로 쫓는 게 힘들만큼 빠르게 나무에 올랐다.

"쳇! 나무타기 장인을 앞에 두고 뭐라는 거야! 누가 더 높이 빠르게 올라가는지 겨뤄 보자!"

싸울아비도 나무숲으로 뛰어들었다.

해치가 나무를 타고 내려왔다. 이윽고 왼쪽을 가리키며 말했다.

"저쪽은 산이고."

이번엔 오른쪽을 손가락질했다.

"저긴 번개처럼 치솟은 나뭇가지들이 빽빽하더구나."

'뜨어엉, 뜨어엉' 소리가 나자 그 소리에 발밑이 울렸다. 모두들 놀라 그쪽을 바라보았다.

싸울아비가 나무들 사이에서 뛰어나왔다. 검붉었던 얼굴이 허옇게 질려 엎어졌다. 용이 물었다.

"왜 구래에?"

"올라갔던 나무에선 잘 보이지 않기에 큰 나무로 이리저리 옮겨 타다……. 어떤 나무 몸통에 있는 틈새에……. 종이쪽지가 꽂혀 있더라고."

싸울아비가 버벅대자 용이 제 가슴을 퍽퍽 두들리며 말했다.

"아이고, 답답해. 빨리 좀 말 해!"

싸울아비가 손에 꼭 쥐고 있던 쪽지를 보여 주었다.

"이상하다 싶어서 이 쪽지를 뺐더니……. 나무 틈새로 불꽃이 보이더라고. 그런데 자세히 보니 그건 불타는 눈동자였어. 정말 이글이글 불이 타는! 그러고는 끔찍한 소리로 울어 대는데, 너무 놀라서 도망쳐 버렸다고! 이 싸울아비가 싸울 생각도 못하고. 수치스러워!"

해치가 쪽지를 낚아채 읽었다.

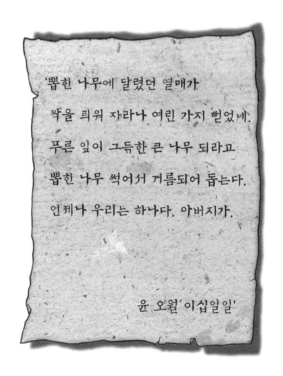

'뽑힌 나무에 달렸던 열매가

싹을 틔워 자라나 여린 가지 뻗었네.

푸른 잎이 그득한 큰 나무 되라고

뽑힌 나무 썩어서 거름되어 돕는다.

언제나 우리는 하나다. 아버지가.

윤 오월 '이십일일'

뒤에 있던 민지가 밀치고 나와 싸울아비에게 물었다.

"우리 아빠예요! 그 나무가 어디 있어요? 저쪽?"

민지는 대답을 듣지도 않고 싸울아비가 뛰어왔던 쪽으로 달려갔다. 궁지기가 허겁지겁 뒤따랐다. 싸울아비가 소리쳤다.

"내 투구를 찾아. 놀라서 거기 떨어뜨렸으니까."

해치가 서둘러 따라가며 말했다.

"저 아이를 혼자 보낼 수는 없으니. 그분이 시키신 일을 마칠 때까지는!"

싸울아비가 어깨를 축 늘어뜨리고 일어났다. 힘 빠진 다리를 추슬러 해치를 따라갔다. 용은 한숨을 내쉬더니 천천히 배를 밀어 뒤를 따랐다.

해치가 민지를 뒤따라가더니 나직이 타일렀다.

"막무가내로 가다가 길을 잃으면 어찌하려고 이러느냐. 싸울아비가 도와줄 게야."

뒤따라온 싸울아비가 나무를 가리켰다.

"바로 저 나무야. 내 투구가 저기 있잖아."

민지는 쏜살같이 그 나무로 뛰어갔다.

"아빠, 아빠! 내가 왔어."

갑자기 나무가 부들부들 떨며 울부짖기 시작했다.

"뜨어엉… 뜨어엉. 뜨어엉……."

소름 끼치도록 끔찍하고도 슬픈 울음이었다. 싸울아비와 해치는 귀를 막았다. 산 뒤에서 바람이 몰아쳤다. 민지는 나무를 잡고 기어올랐다. 얼마 못 가 미끄러졌다. 배낭을 벗고 다시 도전했다. 또 쭈르르 미끄러졌다. 그러기를 여러 번, 지친 민지는 나무 밑동에 철퍼덕 주저앉았다. 민지의 움직임에 따라 오르락내리락하던 궁지기가 민지 다리에 달싹 붙어 외쳤다.

"너 혼자. 못 가. 절대."

민지가 목이 메어 소리 질렀다.

"난 아빠를 만나고 싶을 뿐이야. 저기에 우리 아빠가 있다고! 날 올려 줘, 제발!"

궁지기가 흠칫 놀라 물러섰다. 해치가 민지를 달랬다.

"아빠라니? 네 아비가 여기 있다는 게야?"

"그 쪽지는 분명히 우리 아빠가 보낸 거라고요. 여기 오면 우리 아빠를 만날 수 있다고 했어요."

"누가 말이냐? 그분이?"

"새 발바닥이."

싸울아비가 되물었다.

"저 나무에 있는 괴물이 네 아비라고?"

싸울아비는 반질거리는 검은 머리를 갸웃댔다.

"그러니까 우린 애 아비를 찾으러 온 게 아니잖아. 우린 이름을 말할 수……. 웩! 퉤, 야! 해치, 또 너냐?"

해치는 고개를 저으며 뿔로 용을 가리켰다. 용이 중얼거렸다.

"한번 해 보고 싶었어. 그런데 이 침, 우웩!"

용이 민지에게 말을 건넸다.

"꼬리 움직일 힘도 없지만 네가 그렇게 바란다면 타……."

민지가 애처롭게 매달렸다.

"제발요!"

용은 거들먹거리며 자기 등을 내주었다. 민지는 그 등에 납작 엎드렸다. 궁지기가 타려하자 용은 후딱 날아올랐다. 궁지기가 발을 동동 굴렀다.

갇힌 사람은
누구인가

나무 몸통에 아래위로 길게 틈이 벌어져 있었다. 많이 벌어진 틈새라야 겨우 손가락 두어 개가 들어갈 정도였다. 용이 나무 몸통을 휘감았다.

"힘들어 죽겠으니까 볼 일 빨리 끝내!"

민지는 틈새를 들여다보았다. 아무것도 보이지 않았다. 용 등을 딛고 일어서 틈새에 입을 대고 외쳤다.

"아빠! 나 민지야. 아빠 맞지? 어서 대답해 봐."

다시 눈을 바짝 들이댔다. 깜깜한 어둠 속에 눈동자 두 개가 번쩍였다. 민지가 울부짖었다.

"아빠!"

"뜨어엉! 뜨어엉!"

용은 귓가에 벼락을 맞은 듯 넋이 나갔다. 나무에서 몸을 풀고 달아났다. 바람이 휘돌고 지나갔다. 민지는 한 손으로 틈새를 잡고 대롱대롱 매달렸다. 얼결에 달아난 용은 좀 부끄러웠다. 싸울아비가 윽박질렀다.

"비겁한 녀석! 애를 혼자 두고 오다니! 큰소리만 떵떵 치는 겁쟁이!"

용은 낯을 붉혔다.

"다시 가서 데려오면 될 일이지. 무서워서 벌벌 떨던 너 따위가 할 말은 아닌 것 같은데!"

용이 스르륵 올라가 민지에게 말했다.

"어서 타. 내려가게."

"제발 조금만 더요. 아직 아빠를……."

지은 죄가 있는 용은 군말 없이 등을 대주었다. 민지는 아빠를 부르며 틈새에 낀 손가락을 당겼다. 손가락은 꽉 끼어 꿈쩍하지도 않았다. 싸울아비가 올라왔다. 한참이나 민지 손가락을 빼내려 실랑이를 벌였다. 용은 이제 정말 기운이 쏙 빠져 신음 소리를 냈다.

"아이고오. 더어는 못 버텨어."

싸울아비가 쪼르르 내려가 칼을 들고 돌아왔다. 칼로 틈을 내리쳤다. 칼이 두 동강 났다. 그사이 해치가 와서 틈에 뿔을 넣어 벌렸다. 그러나 얼마 못 가 뿔을 뺐다.

"어림없군. 내려가서 방도를 찾아볼 테니 조금만 더 버티거라."

모두 머리를 맞대고 방법을 찾았다. 싸울아비가 말했다.

"나무 밑동을 잘라 버리자."

용이 낄낄댔다.

"네 칼은 방금 전에 댕강 부러졌잖니이."

싸울아비가 들이댔다.

"쳇! 이기적인 뺀질이 주제에! 잘난 네가 나무를 둘둘 말아서 뚝 부러뜨리면 되겠네. 어디 한번 해 보시지?"

"저런 나무 하나 부러뜨리는 건 일도 아니지만 지금은 안 돼. 힘을 다 써 버렸거든. 그런데 봉황은 어디 갔지?"

봉황은 용의 눈을 피해 슬그머니 가리개를 잡고 위로 날아올랐다. 민지가 매달려 있는 나뭇가지들 사이에 병풍을 끼웠다. 해치가 말했다.

"내게 좋은 생각이 있다. 용, 너는 비스듬히 나무에 기대 서

있거라. 우리가 네 머리 위에 차례로 목말을 하고 올라서서 저 애를 받쳐 주는 게야."

궁지기가 재빨리 고개를 끄덕였다.

그때였다. 산에서 '와' 하는 함성이 들렸다. 한 무리 군사들이 창과 칼, 활을 들고 흙먼지를 일으키며 달려오고 있었다. 싸울아 비가 맞서 싸우려고 무기를 단단히 잡았다. 군사들이 몰려와 이 들을 겹겹이 에워쌌다. 깃발 든 기수가 앞으로 나왔다. 뒤따라 갑옷 입은 장수가 말을 타고 나왔다. 갖가지 깃털이 꽂힌 투구를 쓰고 있었다. 땅에 닿는 긴 칼을 들어 올리며 물었다.

"우리는 이곳을 지키라는 명을 받은 군사들이다. 너희는 누구 냐?"

해치가 쓱, 나서서 대답했다.

"우리는 그분의 명을 받은 아이를 도우러 왔느니라. 너희야말 로 누구 명을 받았는고?"

장수가 손짓했다. 기수가 깃대를 땅에 박았다. 늘어진 깃발 모 서리를 잡고 쫙 펼쳐 보였다. 검은 깃발 가운데에 날개를 활짝 편 채 도끼를 움켜쥔 붉은 봉황과 눈을 부릅뜨고 도끼머리를 휘 감은 누런 용이 있었다. 싸울아비와 봉황, 해치, 궁지기, 용은 급히 무릎을 꿇었다. 봉황이 가리개를 펼쳤다.

"우리는 일월오봉병을 가지고 있소."

군사들이 비웃었다.

"해와 달은 있는데. 봉우리는 둘밖에 없군. 나머지 세 봉우리
는 어디 갔나? 가짜 가리개로 우릴 속이려고?"

해치가 뿔을 떨었다.

"경고하느니 입을 조심하거라."

봉황이 발끈했다. 가리개 해와 달을 가리키며 한마디 했다.

"저 일월은 그분이 저 아이에게 주신 구슬이 변한 것이오. 봉
우리는 글쎄. 나도 이제 발견했소만."

지켜보던 군사들이 웃음을 터트렸다. 장수가 쩌렁쩌렁 울리도
록 소리쳤다.

"아무도 이곳에 들어와서는 안 된다고 명령하셨다. 너희는 당
장 여기서 떠나도록 하라."

장수는 나무에 매달린 민지를 보고 칼을 겨눴다.

"거기 매달려 뭘 하는 게냐? 당장 내려오지 못하겠느냐!"

해치가 나섰다.

"저 아이 손이 나무 틈에 끼어 빼낼 방도를 찾는 중이었느니
라."

장수가 아랑곳 않고 다그쳤다.

"어서 저 아이를 끌어 내려라!"

군사들이 기를 쓰고 나무에 오르려 했지만 미끄러져 나동그라지기 일쑤였다. 장수가 다시 말했다.

"데려올 수 없다면, 없앨 수밖에……. 활을 준비하라."

활을 든 궁수가 화살을 활시위에 걸었다. 궁지기가 달려와 활 당기는 궁수를 냅다 들이받았다.

"저 애. 내 책임. 너희. 안 돼."

씩씩거리는 궁지기를 향해 군사들이 창을 겨눴다. 싸울아비가 고래고래 고함을 질렀다.

"이런! 무슨 짓이야. 저 앤 그분의 명을 받았어. 야! 네 입으로 말해 봐!"

민지는 대답할 힘이 없었다. 손가락으로 축축 늘어지는 몸을 버티느라 기절할 지경이었다. 해치가 말했다.

"저 아인 이름이 있지만 부를 수 없는 분이 보내셨다. 저 아이에게 이름을 말할 수 없는 분을 풀어 드리라고 하셨다."

군사들이 술렁거렸다. 장수가 물었다.

"그럴 리가. 그분이 저 아이에게 명을 내리시는 걸 보았는가?"

"아니! 못 봤다! 그래서 우릴 의심하는 게야? 덤벼! 싸우자!"

싸울아비와 장수는 조금도 물러서지 않고 입씨름을 계속했다. 해치가 콧김을 뿜으며 민지 배낭에서 남아 있는 깃털 세 개를 꺼냈다.

"그분이 저 아이에게 하사하신 깃털이니라. 너희가 감히 상상도 못 할 엄청난 힘을 우리는 보았다."

손바닥 위의 깃털은 너무나 조그마했다. 군사들이 코웃음을 쳤다. 싸울아비가 깃털을 휙, 날렸다. 깃털은 춤추며 사뿐히 내려앉았다. 장수와 군사들이 큰 소리로 웃었다. 터질 듯 얼굴이 벌게진 싸울아비가 칼을 들고 대들었다. 해치가 말렸다.

"참거라. 저 아이만이 이 깃털의 힘을 불러낼 수 있는 게야."

봉황이 나섰다.

"내게 주시오."

봉황은 깃털 세 개를 입에 물고 나무로 날아올랐다. 장수가 소리쳤다.

"놓치지 마라."

궁수들이 봉황에게 활을 쏘아 댔다. 용이 눈 깜빡할 사이에 솟구쳐 등으로 화살을 막았다.

"내 등을 뚜루을 무기느은 없다구우."

싸움이 일어났다. 창과 칼이 부딪쳤다. 싸울아비가 뻘건 수염을 쥐어뜯었다.

"이것들이! 우리를 비웃었겠다. 제대로 매운 맛을 보여 주마. 다 덤벗!"

싸울아비는 부러진 칼을 휘두르며 군사들 속으로 달려들었다. 궁지기가 짧은 다리에 힘을 주어 땅을 찼다. 뾰족한 이를 드러내고 으르댔다.

"너희. 혼쭐. 빡. 팍. 확."

군사들도 맞받아쳤다.

"별 볼 일 없는 거짓말쟁이들아!"

궁지기 옆에 있던 해치 뿔이 날카롭게 솟았다. 해치는 쓱 웃더니 싸움판으로 몸을 날렸다. 궁지기도 이빨을 갈며 뛰어들었다. 용은 제법 의젓하게 봉황을 지켜 주었다. 봉황은 물고 간 깃털을 민지에게 디밀었다. 민지는 봉황 날개에 기대 가쁜 숨을 몰아쉬었다. 용이 둘 앞을 가려 화살을 막았다.

"서둘러. 내 살이 화살에 뚫리지는 않겠지만 아프긴 아프다구우."

민지가 하얀 깃털을 던지며 외쳤다.

"허연 쇠뼈!"

깃털이 높이 날아올랐다. 별안간 사람 머리만 한 도끼가 곧장 민지를 향해 떨어졌다. 민지는 눈을 꼭 감았다.

"아악!"

도끼가 민지 머리 위쪽 나무에 퍽, 박혔다. 민지는 눈앞까지 내려온 쇠 손잡이를 잡아당겼다. 도끼가 쉽게 뽑혔다. 민지가 도끼 무게를 못 이기고 팔을 봉황 몸통에 늘어뜨렸다. 용이 흘끗 보고 머리를 갸웃했다.

"그 도끼는 그분 기잇발에, 아이얏!"

갑자기 봉황이 발톱으로 아래에 있는 용 몸통을 꽉 잡았다. 용이 아프다고 소리를 질렀다.

"야아. 이거 놓지 못해!"

봉황도 기어드는 목소리로 대꾸했다.

"누군 이러고 싶은 줄 아시오? 도끼가 너무 무거워 나 혼자 버틸 수가 없어 이러는 게요."

용은 몸부림치며 민지를 윽박질렀다.

"야아! 서둘러. 죽을 지경이라고!"

민지는 도끼 무게까지 더해 팔이 빠질 듯 아팠다. 힘을 다해 도끼를 흔들었다.

"아빠! 조금만 기다리세요. 제가 구해 드릴게요."

나무 틈새에 도끼를 찍어 넣었다. 나무가 둘로 쩍 갈라졌다. 용은 냅다 달아났다. 민지의 손가락이 빠지자 봉황이 얼른 떨어지는 민지를 떠받쳤다. 나무가 둘로 나뉘어 쓰러졌다. 그 바람에 흙 위 모든 것들이 한 뼘쯤 솟았다가 떨어졌다. 흙먼지가 높은 나무 위까지 피어올랐다. 아무것도 보이지 않았다. 싸움이 멈췄다.

민지는 땅에 내려오자마자 나무를 찾았다. 흙먼지에 가려 어디가 어딘지 알 수 없었다. 여기저기 움직이는 모습이 나타났다. 저만치 어렴풋이 나무가 보였다. 민지가 달려갔다. 궁지기가 후다닥 뒤를 쫓았다. 나무는 길게 둘로 쪼개져 밑동만 남았다. 밑동에는 커다란 구멍이 뚫려 있었다. 모두 나무 주위로 모여들었다. 민지는 나무 주위를 빙빙 돌며 외쳤다.

"아빠! 아빠!"

싸울아비가 밑동에 있는 구멍을 들여다보았다. 구멍은 어찌나 깊숙한지 끝이 보이지 않았다. 싸울아비는 검은 얼굴을 잔뜩 찡그렸다.

"으흐! 볼수록 기분이 나빠지네. 저 구멍에서 뭐라도 불쑥 튀어나올 것 같다고!"

용이 대꾸했다.

"지금 튀어나온 건 네 눈인 것 같은데."

그때 구멍에서 거친 발톱이 쑥 올라왔다. 다들 뒤로 물러났다. 민지가 선뜻 다가갔다. 구멍에서 한 줄기 바람이 휘익, 불었다.

"어흐흥!"

호랑이가 튀어 올랐다. 붉게 핏발 선 눈에서 불꽃이 일었다. 이빨을 드러내고 으르렁거렸다. 날 선 호랑이 발톱이 휙, 바람을 일으켰다. 민지는 물러서다 엉덩방아를 찧고 말았다. 이제라도 두툼한 호랑이 발에 챌 것 같았다. 호랑이가 민지를 덮칠 듯 뛰어올랐다. 민지는 팔로 눈을 가렸다.

"안 돼!"

철컥 소리와 함께 호랑이는 뒤로 당겨져 흙에 굴렀다. 구멍에서 나온 굵은 쇠사슬이 호랑이 뒷다리에 채워 있었다. 호랑이는 세차게 울부짖으며 날뛰었다. 모두 호랑이 발톱과 이빨이 닿지 않을 거리에 자리를 잡았다.

다들 고민에 빠졌다. 군사들은 소란을 막지 못해 마음이 무거웠다. 싸울아비는 진짜 그분의 명을 받은 게 누구인지 알아내지 못해 어지러웠다. 해치는 부러졌나 싶어 뿔을 어루만졌다. 봉황은 왜 가리개에 봉우리가 하나 더 나타났는지 알 수가 없어 답답했다. 용은 긁히고 뽑힌 등 비늘을 슬프게 보았다. 궁지기는 또 민지를 놓칠까 봐 눈을 부릅떴다. 민지는 무릎에 얼굴을 묻고 흐느껴 울었다.

어디선가 덜그럭덜그럭 말발굽 소리가 들렸다. 한 아이가 검은 말을 타고 달려왔다. 말이 허연 콧김을 뿜으며 호랑이 앞에 멈춰 섰다. 아이가 말에서 펄쩍 뛰어내렸다. 아이는 민지 또래로 보였다. 거친 베로 만든 옷을 입고 머리엔 새끼줄로 동여맨 베보자기를 썼다. 아이는 털썩 주저앉은 민지 앞에 뒷짐을 지고 꼿꼿이 섰다. 사슬에 묶인 호랑이를 뚫어지게 보더니 거만하게 물었다.

"이게 무슨 일이더냐?"

군사들이 땅에 엎드리며 술렁였다.

"그분이시다."

민지를 뺀 모두가 엎드려 머리를 숙였다. 궁지기가 눈을 부라렸다.

"어서. 엎드려!"

민지는 생각했다.

"그분? 저 아이가 이곳의 주인이라고? 그럼 새 발바닥을 알까? 저 아이가 아빠가 계신 곳을 알고 있을까?"

봉황이 아이 뒤에 가리개를 폈다. 민지는 모르는 체하고 아이 앞으로 갔다. 궁지기가 기어서 쫓았다. 아이 곁에 있던 군사들이 벌떡 일어나 창으로 막았다. 민지가 말했다.

"저 아이에게 물어 볼 말이 있어요."

"무엄하다. 물러서지 못하겠느냐!"

군사들이 위협했다. 민지는 더 큰 소리로 아이에게 물었다.

"너! 새 발바닥 알지? 우리 아빠를 만나게 해 준다고 약속했는데!"

아이가 눈살을 찌푸렸다.

"새 발바닥이라? 그자가 누구란 말이더냐!"

"대문을 열라고 날 보낸 새 발바닥 말이야."

군사들이 민지의 입을 막고 흙 위에 주저앉혔다. 아이가 호령했다.

"대체 이 무슨 소란이냐? 어느 누구도 이곳에 들지 못하게 지키라 했거늘. 무엇을 하고 있었단 말이냐!"

장수가 대답했다.

"바로 달려왔습니다만 이미 저 자들이……."

"이 나무와 호랑이는 또 무엇인고. 연유를 밝히도록 하라."

"저자들이 나무를 쪼개고 나니 그 속에서 호랑이가 나왔사옵니다."

"그자들을 이리 데려 오너라."

122

싸울아비, 봉황, 해치, 궁지기, 용은 아이 앞에 납작 엎드렸다. 아이가 물었다.

"너희가 올 곳이 아닐 터인데! 여기 온 까닭이 무엇인지 당장 고하라."

해치가 민지와의 일을 알렸다. 아이가 말에서 내려 호랑이에게 다가가려고 하자 장수가 말렸다.

"무척 사나운 짐승입니다. 거리를 두심이 좋을 듯하옵니다."

아이가 손가락을 들었다. 장수가 입을 닫았다. 호랑이는 뒷다리를 굽혀 땅에 앉았다. 번개가 번쩍이던 눈을 껌벅였다. 눈물이 뚝, 떨어졌다. 날카로운 발톱을 감추고 인사라도 하듯 앞발을 들었다. 아이는 호랑이 눈을 들여다보았다. 호랑이가 아이 어깨에 앞발을 얹었다가 내렸다.

아이가 돌아서 물었다.

"이 나무를 쪼갠 이유는 무엇이더냐?"

해치가 머리도 들지 못하고 말했다.

"이곳이 어딘지 도무지 알 길이 없어 큰 나무에 올라 알아보려 하였사온데 그 나무가 울부짖는 바람에……."

아이는 들뜬 목소리로 물었다.

"울부짖는 나무라 했느냐?"

싸울아비가 조심스레 쪽지를 내밀었다.

"넵! 그게 이 나무이옵니다. 나무 틈에 이 쪽지가 끼어 있어 뽑았더니 천지가 울리도록……."

아이가 떨리는 손으로 쪽지를 받았다. 몇 번을 읽더니 울기 시작했다. 몸을 돌려 호랑이 옆에 무릎을 꿇었다. 눈물을 뚝뚝 흘리며 꺽꺽 울었다.

"너무나 보고 싶었사옵니다. 오랫동안 찾아다녔건만 이렇게 가까이 계셨단 말입니까! 이제 더는 걱정 마시옵소서. 다시는 아버님을 해하지 못하게 소자가 지켜 드리겠사옵니다."

아이는 한참이 지나 모두를 돌아보았다.

"그래, 나무를 쪼갠 자가 누구더냐?"

용이 민지를 가리키며 냉큼 대답했다.

"저 아입니다아."

아이는 민지와 얼굴이 닿을 만큼 가까이 가 물었다.

"너는 누구냐? 누가 널 보냈느냐?"

"이름이 있어도 부를 수 없는. 모든 이의 뭐라더라……. 그 새 발바닥이 보냈어."

장수가 민지 머리를 세게 때렸다. 아이가 손을 들어 말렸다.

"이름이 있어도 부를 수 없는 건 바로 나다. 내가 모든 이의

머리요. 스승이고 우러르는 해요 달이란 말이니라.”

“맞아. 그거야! 너 새 발바닥 알지? 왜 모른 척하는 거니?”

장수는 민지를 확 밀치며 윽박질렀다.

“어느 안전이라고 함부로 말하느냐! 말을 높이지 못하겠느냐.”

나자빠진 민지를 보고 아이가 소리쳤다.

“그 새 발바닥이라는 자가 왜 너를 이곳으로 가라 하더냐?”

“이름을 말할 수 없는 사람을 찾으라고 해서…….”

“찾아서 어찌하려고? 해하러 온 것이 아니더냐!”

“누군지도 모르는데 내가 왜 해쳐? 풀어 주라고 했다니까.”

“네 까짓 게 무슨 수로!”

민지가 빨간 깃털을 꺼냈다. 아이는 매섭게 쏘아보았다.

“그게 무어냐?”

“새 발바닥이 준 거야. 여긴 불이 들어 있다고.”

“이런. 제정신이 아닌 게로구나. 어디서 그런 헛소리를. 어쨌든 불을 일으켜 나와 아버님을 해치겠다는 술책이로구나?”

“그래. 무섭냐? 난 아빠만 만나면 돼. 그러니까 새 발바닥과 어떤 사인지 말해. 어서. 아님, 확!”

민지는 아이 눈앞에 깃털을 들이대고 마구 흔들었다. 아이 곁에 있던 군사가 민지의 손을 딱, 쳤다. 민지는 얼결에 깃털을 떨어뜨렸다가 재빨리 잡았다.

"붉은 숨!"

빨간 깃털에서 불꽃이 확 일었다. 놀란 민지는 깃털을 내던
졌다. 불꽃이 폭죽처럼 흩어졌다. 불이 번졌다. 마른 나뭇가지
들이 후르르 타올랐다. 순식간에 불길이 나무들 사이를 널름거
렸다. 불탄 나무들이 퍽석 쓰러졌다.

아이는 재빨리 호랑이 다리에 묶인 사슬을 잡아당겼다.

"어서 이 사슬을 끊도록 하라!"

군사들이 달려들어 칼로 내리쳤다. 쨍하고 울렸을 뿐 사슬에
는 흠집도 나지 않았다. 싸울아비가 사슬 사이에 엇갈리게 창
을 넣어 힘을 주었다. 창이 우지직 부러졌다. 땅에 꽂아 둔 깃
발에 불이 옮겨 붙었다. 군사들은 아이 눈치를 보았다.

아이가 명령했다.

"너희들은 어서 불을 피하거라!"

군사들이 흩어져 달아났다. 용이 슬쩍 따라나섰다. 싸울아비
가 용 꼬리를 질근 밟았다. 용이 악다구니를 썼다.

"그래, 우리 다 같이 타 죽자."

아이는 호랑이 옆에 앉았다. 민지가 재촉했다.

"안 갈 거야? 불에 타 죽는다!"

호랑이가 머리로 아이 등을 밀었다. 아이는 호랑이 발에 채워진 사슬을 잡아당겼다.

"감히 누가 아버님께 이런 사슬을 채웠단 말입니까."

민지는 호랑이 발목을 움켜쥔 굵은 쇠테를 보며 소리쳤다.

"어, 어! 이 무늬! 이게 내가 말한 그 새 발바닥야. 그 새 발바닥이 사슬로 호랑이 잡아 뒀단 거야?"

아이가 눈을 부릅뜨고 쇠테를 들여다봤다. 눈을 질끈 감고 고개를 흔들었다.

"이건! 산(祁)! 내 이름이 왜 여기? 아니야. 그럴 리가……. 내가 아버님을!"

"무슨 소리야? 이게 다 새 발바닥이 꾸민 짓이라고! 그 새 발바닥이 우리 아빠도 어디다 숨겼을 거야. 어서 만나게 해 줘! 새 발바닥 어디 있어? 말해!"

"모르겠느냐? 아버님을 묶은 이 사슬을 만든 자는 바로 나다. 내가 아버님을 이렇게 만들다니……. 그런데 풀 방법을 모르겠다. 난 아버님을 떠날 수 없다."

"네가 어떻게 믿든 상관 안 해. 새 발바닥이나 만나게 해 줘."

"난 모르는 일이야. 모두 떠나라, 명령이다."

용이 기다렸다는 듯 줄행랑을 쳤다. 봉황, 해치, 싸울아비,

궁지기는 두어 걸음 물러섰지만 떠나지는 않았다.

민지는 목이 터져라 악을 썼다.

"넌 살아야 돼! 그래야 새 발바닥을 만나 우리 아빠를 찾지. 어떻게든 살아!"

아이는 호랑이 목을 끌어안고 꼼짝도 하지 않았다. 민지는 주위를 둘러보았다. 어디에도 빠져나갈 곳이 없었다. 불붙은 나무가 덮쳤다. 호랑이가 훌쩍 뛰어올라 나무를 쳐냈다. 잇달아 나무가 쓰러져 호랑이가 깔리고 말았다. 주위는 순식간에 불에 휩싸였다.

아이가 비명을 질렀다.

"아, 아버님!"

민지가 불 속으로 뛰어들려는 아이의 팔을 잡았다. 아이가 몸부림쳤다.

"놓아라! 아버님께서 계시는 곳에 나도 있겠다."

민지는 아이의 팔을 더욱 틀어쥐었다.

"못 놔. 우리 아빠를 만날 때까지. 나도 네가 죽는 걸 허락 못 해."

아이 베옷에 불이 붙었다. 군사들이 달려들자 불이 옮겨 붙었다. 해치와 봉황, 궁지기가 불을 끄려고 허둥댔다. 민지는

부채를 찾아보았지만 보이지 않았다. 시간이 없었다. 민지는
생각을 가다듬으려 애썼다.

'이러다 다 죽겠어. 남은 건 까만 깃털뿐인데. 이게 뭐였더
라? 제대로 불러야 하는데……. 생각해 내야 해. 그 시! 검은
물……. 까만 깃털이 물!'

"검은 물!"

민지가 깃털을 높이 던져 올렸다. 곧 불에 가려 보이지 않았
다. 아무 일도 일어나지 않았다. 민지는 잡고 있던 아이 팔을
놓고 천천히 말했다.

"아빠……. 보고 싶어."

아이는 호랑이에게 몸을 던졌다. 불이 후르륵 타 올랐다. 민
지는 고개를 숙였다.

별안간 머리 위에서 '펑' 소리가 났다. 위를 올려다보았다.
물방울 몇 개가 얼굴에 떨어졌다. 느닷없이 비가 퍼부었다. 불
에 닿은 물이 뜨거운 증기가 되었다. 민지는 불이 꺼지면서 뿜
어내는 열기에 정신을 잃었다.

그날 또는 오늘

불은 빠르게 꺼졌다. 연기와 김이 가득했다. 강물을 통째로 길어다 한꺼번에 부었다 해도 믿었을 것이다. 쏟아진 비가 큰 물줄기가 되어 흘렀다.

궁지기가 진흙에 쓰러져 있는 민지를 흔들었다.

"야, 일어나. 괜찮아?"

민지는 정신이 들자마자 두리번거렸다. 싸울아비와 해치, 용, 봉황이 내려다보고 있었다. 벌떡 일어나 호랑이가 깔렸던 나무를 들췄다. 사슬만 남아 있었다.

"그 아이 못 봤어? 호랑이는?"

모두 고개를 저었다. 민지는 사슬에 새겨진 글씨를 쓱 문질렀다.

'새 발바닥인 줄 알았는데 그 아이 이름이라니!'

새 발자국 같은 朩(보일 시) 세 개가 꿈틀거리기 시작했다. 글씨를 이룬 직선 열다섯 개가 자리를 바꾸더니 正(바를 정), 祖(조상 조)가 되었다. 민지는 구멍 뚫린 나무 밑동에 털퍼덕 앉았다.

"이젠 새 발자국까지 사라졌어. 아빠를 어떻게 만나지?"

푸드덕푸드덕 날개 치는 소리가 들렸다. 빛나는 새였다. 천막처럼 커다란 날개를 천천히 저어 다가오고 있었다. 온갖 빛깔 꼬리 깃털을 길게 늘어뜨리고 인사라도 하듯 '꺄르르 끼야아' 울었다. 큰 날개를 접으며 사뿐히 흙에 다리를 디뎠다. 그 순간 놀랍게도 새는 베옷 입은 아이로 바뀌었다.

모두 놀라 절을 해야 하는 것도 잊었다. 봉황이 허겁지겁 불에 그슬린 젖은 가리개를 폈다.

"이것 봐, 일월오봉이 다 돌아왔어!"

가리개에는 갖가지 색의 해와 달, 다섯 개의 봉우리, 짐승들, 꽃과 나무가 있었다. 민지가 더듬거리며 물었다.

"넌, 새 발바닥이지?"

"빛나는 새는 내 넋이니 우린 하나이니라."

"그 호랑이, 아니 너희 아버지는 어디 계시니?"

"좋은 추억이 있는 시간에서 만날 수 있을 게다."

"네 얘기는 알아들을 수가 없어."

아이는 민지 곁에 앉아 이야기를 시작했다.

"내 아버님은 윤 5월 21일에 뒤주에 갇혀 억울하게 돌아가셨다."

해치가 '헉' 하고 귀를 막았다. 아이는 이야기를 이어갔다.

"아버님께서는 돌아가시며 이 못난 자식을 애타게 부르셨다고
한다. 허나 난 듣지 못하였다. 아버님과 작별 인사조차 나누지
못했느니라."

민지는 작게 말했다.

"나도 그래……."

아이가 민지를 보며 고개를 끄덕였다.

"난 아버님을 돌아가시게 만든 원수들과 그걸 막지 못한 나
자신을 용서할 수가 없었느니라. 하늘이 무너지게 울고 땅이
꺼지게 저주를 퍼부었다. 내 원수들을 땅에 가두겠다고 맹세하
였다. 아버님을 내 눈으로 직접 뵙기 전에는 저주를 풀지 않겠
다고 이를 갈았다. 죽은 원수들 넋을 이리로 잡아 와 모든 것
을 얼려 버렸지. 원수들이 도망치지 못하도록! 하지만 내 저주
에 나 자신도 갇혀 버리고 말았다. 바로 여기 '윤 오이일'이라
는 문 안에 말이다!"

"그게 무슨 뜻이야? 시간이 정지된 거야?"

"현실에서 나는 청년에서 어른이 되고 늙어 죽었다. 하지만 죽어서도 내 넋은 편안히 쉴 수가 없었느니라."

"늙어서 죽었다고? 넌 지금도 어린애잖아."

"난 여전히 열한 살짜리 아이로 아버님이 돌아가신 그날에 갇혀 있었으니까. 아버님이 보고파 울고 헤매는. 내 눈물이 땅을 적셨다. 원수들을 가둔 땅에서 나무들이 솟아 숲을 이루었다. 난 나무를 베고 뽑았지만 나무는 계속 올라왔지. 어느 날부턴가 숲에서 아버님이 나를 부르며 울부짖는 소리가 들렸다. 그 소리가 어디서 나는지 찾을 수가 없었느니라. 원수가 나를 속이는 게라 여겼다. 내가 어리석었어. 원수를 잡은들 무슨 소용이 있겠느냐. 이미 일어난 일은 돌이킬 수 없는 걸……. 아버님과 행복했던 날도 많았거늘. 그날 가운데 하루를 선택했다면 어찌 되었을까? 어찌되었든 얼어붙은 그날의 대문을 열어줄 사람이 필요했느니라. 그래서 내 넋이 새가 되어 너와 네 아비에게 갔던 게야."

아이가 민지 손을 잡았다.

"고맙구나! 네가 얼어붙은 그날의 문을 열고 우리 아버님과 나를 구했느니라. 이제 난 다른 시간의 문을 열 생각이다. 아버님과 함께했던 기쁜 그날로 가서 아버님과 행복하게 보내겠다."

민지가 주먹을 불끈 쥐었다.

"그럼 난? 우리 아빠는 어떻게 만나라고? 너, 또 '그런 말 한 적이 없다' 그러면 가만두지 않을 거야!"

아이가 빙긋 웃었다.

"널 모른다고 한 건 그날에 갇혔던 나였느니. 지금 네 앞에 있는 나는 새가 되어 쪽지를 보냈던 나이니라."

민지는 뭐가 뭔지 헷갈렸다.

"복잡한 얘기는 그만해! 그냥 아빠를 만나게 해 줘."

"네가 들어왔던 문 말이다."

"윤 오이일이라고 쓰인 대문?"

"그렇지. 그 대문은 내 특별한 그날로 들어가는 문이다. 그리고 누구나 자기만의 그날들로 가는 대문이 있다."

"자기만의 그날들?"

"특별한 기억으로 떠오르는 그날들. 오늘에서 특별한 그날이 된 날들이라면 알겠느냐?"

"잘 모르겠지만, 그럼 내 특별한 기억이 있는 그날들도 문이 있다는 거야?"

"바로 그런 말이니라."

"아빠와 나의 특별한 그날, 거기로 가면 아빠를 만날 수 있다는 거지?"

"옳거니!"

"하지만 어떻게 그 문을 찾지?"

"어려운 일이 아니다. 네 아비와 함께한 특별한 기억을 되새기거라. 그럼 그날의 문이 나타날 것이니!"

민지가 자리를 박차고 일어섰다.

"좋아. 갈래!"

아이가 앞장섰다. 회오리가 몰아치던 문을 지났다. 용이 하늘에서 외쳤다.

"뒤를 봐!"

불탔던 자리에 푸른 잎을 단 나무들이 들어서 있었다.

다리에 이르렀다. 돌 깔린 마당으로 들어가는 문이 활짝 열려 있었다. 월대 위의 집은 언제 그랬냐는 듯 지붕을 이고 늠름하게 서 있었다. 민지와 아이는 대문을 나섰다. 궁지기가 살짝 고개를 숙이고는 다리 기둥으로 기어 올라갔다. 싸울아비가 누런 손톱으로 눈가를 훔치더니 인사했다.

"쳇! 고마웠다. 이젠 다시 볼 일이 없겠군."

봉황도 날개를 펼쳐 흔들었다.

"안녕히 가시오."

용이 싸울아비 옆구리를 툭, 쳤다.

"너어, 우는 거냐아?"

싸울아비는 투구를 퍽 눌러쓰며 말했다

"뭐라고? 이거 땀이야! 너야말로 섭섭한 얼굴인데?"

"나는 시원하기만 하네."

해치가 뿔을 세웠다. 용이 얼른 말을 이었다.

"해치, 넌, 농담도 모르니? 헤어져서 쬐끔 아주 약간은 서운한걸. 잘 가라."

해치가 푸른 콧김을 뿜으며 민지에게 말했다.

"수고가 많았다."

아이가 옷소매를 뒤적였다.

"오다 주웠다."

아이가 꺼낸 것은 민지가 잃어버린 부채였다. 민지는 대문을 나섰다. 아이가 팔짱을 끼고 빙긋 웃었다. 민지는 모두에게 손을 흔들었다. 윤 오이일 대문이 삐걱 닫혔다. 문 밖은 달 없는 밤처럼 깜깜했다. 민지는 눈을 감았다.

'대한민국과 쿠바의 야구 결승전이 있던 토요일, 우리 생일날! 아빠랑 신나게 소리를 질렀던 그날!'

눈을 떴다. 경기장 철 대문이 나타났다. 민지는 힘껏 문을 당겼다. 빈자리 없이 사람들로 꽉 들어찬 경기장은 환성으로 시끄러웠다. 아빠가 민지 손을 잡고 옆에 서 있었다.

"민지야! 빨리 우리 자리로 가자. 경기가 시작됐어!"

아빠는 손으로 경기장 대형화면을 가리키며 웃고 있었다. 민지는 목이 메었다. 그냥 아빠를 꽉 부둥켜안았다.

"아빠가 돌아올 줄 알았어. 난 믿었어."

"민지야, 그렇게 좋아?"

"응. 정말, 정말 멋진 생일 선물이야."

민지와 아빠는 소리 높여 '대한민국'을 외쳤다.

마침내 경기가 끝났다. 사람들은 흥분을 가라앉히지 못하고 응원을 계속했다. 아빠도 손뼉을 치며 장단을 맞추었다. 민지가 말했다.

"아빠! 이제 어디 가지 마. 떠나려면 나도 데려가. 난 아빠만 있으면 돼."

아빠는 민지를 꼭 껴안았다.

"우리 가족이 오래 행복하게 살길 바랐는데 잘 해내질 못했네. 미안해. 너하고 마지막으로 통화한 날, 내가 너무 서둘렀어. 너랑 야구를 꼭 같이 보고 싶었거든. 산을 넘어가면 버스를 놓칠까 봐 지름길인 계곡 다리를 건너가려고 했어. 생각보다 다리가 더 낡았더라. 뛰다가 삭은 나무판을 밟는 바람에 강으로 떨어졌어. 비 온 뒤라 강물이 엄청 불어서 그만……."

"나 때문이야. 내가 꼭 같이 봐야 한다고 떼를 써서 그런 거지?"

"아니야. 내가 잘못 판단해서 일어난 일이야. 이번 생일에는 첫 번째 가족여행을 가려고 했는데. 멋진 산장이 있거든. 평상에서 함께 이야기도 나누고 밥도 먹고 그러고 싶었어. 편하게 앉을 의자도 만들 생각이었는데 민우 것밖에 못 만들었네. 엄마에게는……. 미안하다고 전해 줄래? 네게 부탁할 게 하나 더 있어. 집 앞 창고에 나무 궤짝이 있을 거야."

"그거 아빠가 가져다 놓은 거였어?"

"봤니? 스무 살 때 돈이 필요해서 일거리를 찾아다녔어. 산에서 나무 정리하는 일인 줄 알고 따라갔는데 몰래 나무를 캐는 사람들이더라. 섬이라 도망칠 수도 없었지. 동백나무 수십 그루를 캤는데, 어느 날 커다란 뿌리 아래서 낡은 궤짝을 발견했어. 섬에서 나올 때 일한 품삯을 주겠다는데 내가 안 받았어. 양심에 걸려서……. 하지만 그 사람들은 나도 뭔가를 받아가야 한다고 윽박질렀어. 안 그럼 신고할지도 모르니까 믿을 수 없다면서. 그래서 그 낡은 궤짝을 받겠다고 했지. 별로 쓸 모없는 건 줄 알았거든."

아빠는 침을 삼키고 말을 이었다. 그 사람들과 헤어진 뒤 궤짝을 고물상 앞에 버려두고 도망쳤다고 했다. 하지만 며칠 뒤 경찰이 찾는다는 이야기를 듣고 다시 고물상 앞으로 갔지만 이미 없었다고 한다. 청년이었던 아빠는 잡힐까 봐 무서워서 그대로 군에 입대했다는 이야기였다.

"그런데 저번에 집 앞에서 중고 물건 판매 트럭과 마주쳤어. 거기 그 궤짝이 실려 있는 거야. 왜 그런지 금방 알아보겠더라. 뚜껑을 들춰보니 거기 한자가 잔뜩 새겨 있더라고. 예전에 봤던 그 궤짝이 맞았어. 급해서 창고에 뒀어. 돌아가면 나대신 경찰에 그 궤짝을 돌려줄래?"

"아빠가 직접 말하면 되잖아."

"알지? 나는 언제나 네 곁에 있을 거야. 지금처럼 여기서."

민지는 아빠에게서 몸을 떼며 울먹였다.

"그게 무슨 말이야? 아빠 안 돌아간다고? 그럼 나도 여기에 계속 머물까? 아빠랑 헤어지기 싫어."

"미래에서 널 기다릴 멋진 날들은 어쩌고. 아빠 네 앞날이 무척 기대돼."

민지는 아빠 품에 꼭 안겨 울다가 웃었다.

"아빠와 함께 한 시간을 절대 잊지 않을 거야. 사랑해! 아빠!"

아빠도 민지를 힘껏 당겨 안았다.

"난 언제나 여기서 널 기다릴게! 알지? 우리 딸, 사랑한다!"

민지는 눈을 감았다.

'오늘은 정말 행복한 우리 생일날이야.'

0713 오후

민우는 사도세자에 관련된 정보를 읽으며 말했다.

"사도세자 아들이 정조 임금님인데요, 아버지가 죽었을 때 열한 살이었대요."

엄마는 다 기어들어 가는 목소리로 대꾸했다.

"너까지 이러고 있을 필요는 없어. 학교 가."

민우가 엄마를 설득했다.

"그냥 집에 있을래요. 혹시 엄마가 나갈 일이 생겼는데 누나가 집으로 돌아오면 어떡해요? 그러니까 엄마, 오늘만이요, 네?"

엄마는 해가 질 때까지 학교와 아파트 주변을 뒤지고 다녔다.

집을 지키는 민우도 답답했다. 한 일이라고는 엄마와 주고받은 전화 몇 번이 다였다. 서로 민지를 찾았는지 묻다가 끊었다.

밤 12시가 넘어 엄마가 집으로 왔다. 신발도 벗지 않고 신발장을 짚고 주저앉았다. 민우가 엄마를 부축해 소파에 앉혔다. 엄마가 민우의 머리를 쓰다듬으며 힘없이 말했다.

"민지가 어딜 갔을까? 경찰 아저씨 말대로 집을 나간 걸지도 몰라……."

"누나는 새 발바닥을 만나러 갔다니까요."

"토요일에 그렇게 심하게 야단치는 게 아니었는데……."

"누나가 야단맞을 짓을 했는데요, 뭐."

민우는 말해 놓고 얼른 손으로 입을 가렸다.

"그러니까요, 야단맞아서 집을 나가지는 않았을 거라고요."

"아빠가 사라져서 민우, 너도 그랬겠지만 민지는 무척 힘들었을 거야. 두 사람은 정말 친했잖니."

"누나는 아빠 소식을 알고 있는 게 아닐까요? 그렇게 걱정하지도 않았어요. 꼭 돌아올 걸 알고 있는 것처럼. 아빠하고 보낼 생일 계획도 짜 놓았다니까요."

"그전에 짜 놓은 거겠지. 두 사람은 해마다 그랬잖아."

"아니에요. 어제도 쓰고 있었는데요. 왜 보냐고 얼마나 화를 냈다고요."

"뭐라고 썼는데?"

민우는 눈동자를 굴리며 기억해 내려고 애썼다.

"한 가지는 확실히 기억나요. 야구 경기장 가기, 둘이서!"

"다른 건?"

"못 봤어요. 누나가 얼마나 잽싸게 가렸다고요."

"그랬구나. 그런 계획을……."

엄마는 말을 잇지 못했다. 울상이 된 민우가 입속말을 중얼거렸다.

"엄마 속상할까 봐 얘기 안 하려고 했는데……."

"작년에 아빠랑 민지가 우리만 빼고 야구장에 갔었잖니."

"진짜 두 사람 나빴어요."

"혹시 그 생각이 나서 그곳에 가진 않았을까? 그래, 그럴지도 몰라. 한번 가 봐야겠다."

엄마가 허둥지둥 현관에서 신발을 신으려고 할 때 휴대폰 벨소리가 울렸다.

"여, 여보세요?"

"아, 여기 잠실 야구 경기장입니다. 밤늦게 죄송합니다만 강민지 어린이 보호자 되십니까?"

"네, 제가 엄마에요."

"아, 다행입니다. 강민지 어린이가 여기 있습니다. 지금 바로 오셔서 데려가셨으면 합니다."

"감사합니다! 정말 감사합니다!"

엄마와 민우는 허겁지겁 경기장으로 갔다.

미리 연락을 받은 경기장 관리직원이 민지를 데리고 경기장 밖에 나와 기다렸다. 민지는 고개를 푹 숙이고 있었다. 엄마가 달려가 조용히 민지를 안았다. 직원이 말했다.

"경기장이 수리 중이라 외부인을 철저히 통제하고 있습니다. 어떻게 들어왔는지는 모르지만 아이는 관람석 의자에서 자고 있었습니다. 경기장 무단 침입은 심각한 결과를 가져올 수도 있습니다. 각별하게 주의시켜서 앞으로 절대 이런 일이 없도록 해 주십시오."

엄마는 몇 번이나 깊이 인사했다.

직원이 민지 팔을 잡고 단단히 일렀다.

"이 녀석! 이번만 용서해 주는 거다."

직원이 경기장으로 들어가 문을 잠갔다.

세 사람은 택시를 잡아 탔다. 엄마는 차 안에서도 민지의 손을 놓지 않았다.

민우는 몇 번이나 말을 꺼내려다 그만두었다.

민지는 집 앞 복도에 나와 있는 뒤주를 보고 깜짝 놀랐다. 잠깐 굳었던 민지가 말없이 집으로 들어갔다. 세 사람이 잠자리에 든 건 새벽 3시가 다 되어서였다. 잠이 든 건 그보다 훨씬 뒤였다.

다음 날 민지는 한결 밝은 얼굴로 엄마에게 아침 인사를 했다. 두 사람 다 어제 일에 대해 말하지 않았다. 식탁에는 생일 케이크가 놓여 있었다. 엄마가 초에 불을 붙였다.

"좀 늦었지만 생일 축하한다."

"축하해, 누나."

민지가 촛불을 훅, 불었다.

엄마는 다른 날처럼 먼저 학교로 출근했다. 민지는 아빠가 남긴 단풍나무 막대기를 만지작거렸다. 민우는 민지에게 묻고 싶은 게 많아 입이 간지러워 참을 수가 없었다.

"누나, 너 어제 뭐했어? 경기장만 갔어? 새 발바닥 만났어?"

궁금해 하는 민우를 보고 민지가 피식 웃었다.

"왜 웃어. 무슨 일 있었지?"

"자, 어서 학교 가자. 멋진 오늘이 우리를 기다리고 있다고."

민지는 가방을 메고 문을 나섰다.

그렇게 멋진 날은 아니었다. 경찰서에서 걸려온 전화로 아빠가 돌아가셨다는 연락을 받았기 때문이다.

아빠,
생일 축하해요

생일이 다시 돌아왔다. 민지는 열세 살이 되었다. 엄마가 가족 여행을 가자고 했다. 민우가 들떠서 물었다.

"와! 언제요? 어디로요? 외국에 가요?"

"아니, 더 좋은 곳. 짐 챙겨서 바로 떠나자."

세 시간 걸려 도착한 곳은 '화개'라는 마을이었다. 엄마가 차에서 내리며 당부했다.

"어디 가지 말고 여기서 기다려."

조금 떨어진 트럭에서 후줄근한 운동복 차림을 한 아저씨가 내렸다. 엄마와 아저씨는 인사를 나누었다. 잠시 후 두 사람이 차로 다가왔다. 엄마가 차 문을 열었다.

"인사 드리게 나오렴."

엄마는 아저씨를 소개했다.

"나무 박사님이셔. 아빠하고 무척 친하셨대."

민지와 민우가 꾸벅 인사했다. 아저씨도 모자를 벗고 배꼽 인사를 했다. 머리카락 한 올 없이 반짝거리는 머리꼭지를 뻣뻣하고 짧은 머리카락이 울타리처럼 감싸고 있었다.

"만나서 반가워요. 나무 아저씨 이상천입니다!"

아저씨는 마치 오래전부터 알던 사람 같았다. 민우가 킥킥 댔다. 아저씨도 너털웃음을 터트렸다.

"으허허허! 여기부터는 길이 험해서 승용차는 못 갑니다."

엄마 차는 주차장에 두고 아저씨 트럭으로 옮겨 탔다. 트럭은 구불구불 산길을 지나 높은 고개를 넘었다. 차에서 내려 한 시간을 더 걸어서 산장에 도착했다. 나무 지붕을 얹은 흙벽 집이었다. 아저씨가 춤추듯 한 손을 뻗었다.

"산장을 소개합니다."

아저씨가 이곳저곳을 안내했다. 산장은 그리 넓지 않았다. 작은 앉은뱅이 탁자가 있는 방 하나, 마당에 넓은 평상, 나무 의자하나, 부엌이 다였다. 부엌에는 장작을 땔 때는 아궁이 위에 솥이

걸려 있었다. 마당의 물터에는 뒷산에서 내려오는 계곡물을 끌어들인 대나무 대롱에서 물이 졸졸 흘렀다. 아저씨는 산장에서 조금 떨어진 나무 사이에 조그마한 집을 가리켰다.

"급할 때 가는 곳, 뒷간입니다."

민우가 되물었다.

"뒷간이요?"

"다른 말로 화장실, 저건 너희 아빠 작품이다. 이 산장을 빌리는 값으로 만들어 달라고 했지. 먼저 있던 뒷간이 부서졌거든. 그리고 저기 물가 평상은 작년에 왔을 때 만든……."

엄마가 중얼거렸다.

"집 나간 뒤에 계속 여기에 머물렀던거군요."

"여길 무척 좋아했죠. 가족과 함께 오겠다고 했었는데 그렇게 빨리 갈 줄이야. 여기서 지내다 보면 강 목수가 왜 그렇게 좋아했는지 알게 될 겁니다. 밤에는 휴대용 모기장을 꼭 치시고! 불 때기가 좀 힘들겠지만 그것도 좋은 추억이 되지 않겠습니까! 어허허! 그럼 저는 내려갔다가 모레 아침에 다시 오겠습니다."

아저씨가 떠나고 세 사람만 남았다. 짐을 푸는 동안 엄마는 부엌으로 가 불을 땠다. 엄마가 컬럭컬럭 기침을 하며 민지를 불렀다. 부엌에는 연기가 한가득이었다. 엄마는 눈을 가늘게 뜨고 연신 손으로 부채질을 하며 연기를 쫓고 있었다.

"불 피우기가 쉽지 않네. 도와줄래?"

몇 분 뒤 두 사람은 연기에 항복하고 눈물 콧물을 쏙 빼며 부엌을 뛰쳐나왔다. 엄마가 중얼거렸다.

"부채라도 있으면 좋겠는데!"

"저한테 있어요. 잠깐만요."

민지가 방으로 들어가 가방에 있던 부채를 가져왔다. 엄마가 부채를 찬찬히 보더니 말했다.

"푸른 바람 모여 불타는 숨을 몰아쉬니 누런 흙이 흩날려 허연 쇠뼈 드러나고 검은 물이 흘러넘친다! 옆에 쓴 건 한문인가? 이건 어디서 난 거야?"

민지가 화들짝 놀라 되물었다.

"그 글씨가 보여요?"

옆에서 열심히 들여다보던 민우가 소리쳤다.

"어, 이건 새 발바닥 표시잖아! 맞지? 이 부채는 언제 받았어? 진짜 새 발바닥을 만났어?"

민우는 새 발바닥에 대한 온갖 추측을 늘어놓았다. 엄마는 민우의 수다를 들으며 민지를 살펴보았다. 민지는 골똘히 생각에 잠겨 있다가 씩 웃었다.

세 사람이 삼십 분 남짓 씨름하고 나서야 아궁이에 불이 들어
갔다. 밥을 하는 엄마를 도와 민지는 물을 받아 날랐다. 민우는
가져온 밑반찬으로 밥상을 차렸다. 배가 잔뜩 고팠던 세 사람은
배부르게 먹었다.

평상에 모기장을 치고 셋이 누웠다. 달 없는 하늘에 별이 가득
했다. 숲에서는 소쩍새가 소쩍소쩍 울었다. 민우가 평상 옆 나무
의자를 보며 중얼거렸다.

"아빠는 평상이 있는데 나무 의자를 왜 만들었을까?"

"네 거야."

"누나가 어떻게 알아?"

"아빠가 말해 줬어."

"그래. 믿어 줄게. 아빠가 내 생각도 조금은 했다는 거지?"

"정말이라니까."

"알았다고!"

엄마가 말했다.

"참 좋다! 아빠가 머물던 곳에 와 보고 싶었어. 너희에게 할 말
도 있고."

엄마는 팔로 몸을 받치고 뒤로 기대앉았다.

"엄마가 아빠를 처음 만난 얘기 했던가?"

민우가 혀를 쏙 내밀었다가 집어넣었다.

"엄마가 산에서 길을 잃고 헤매는데 아빠가 짠, 나타나서 도와줬다는 얘기요?"

엄마는 손가락으로 민우의 볼을 톡톡 두드렸다.

"맞아. 그때도 아빠는 좋은 나무를 찾아다니고 있었어. 그 덕분에 아빠를 만나 겨우 산을 내려왔지."

"그렇게 사랑이 시작되고 누나와 내가 태어났죠. 캬하!"

민지가 중얼거렸다.

"사랑."

"아빠는 결혼하기 전에 한 가지만 약속해 달라고 했어. 일 년에 한 번은 혼자 여행하고 싶다고."

민우가 삐죽거렸다.

"왜 혼자요? 사랑하면 같이 다녀야지."

엄마는 웃었다.

"그래. 엄마도 그렇게 말했지. 그런데도 아빠는 그걸 약속해 달라고 고집부렸어."

민지가 다시 돌아누우며 말했다.

"난 알 것 같아. 혼자만의 시간이 필요한 이유를."

민우가 민지 엉덩이를 발가락으로 밀었다.

"아이고, 그러세요? 그 이유가 뭔데?"

"엄마도 어느 정도는 이해했어. 그렇게 큰 문제는 아니라고 생각했고. 그래서 오래 고민하지 않고 허락했지. 하지만 시간이 갈수록 아빠가 혼자 여행을 떠나는 게 너무 싫더라. 버림받은 기분이었거든. 또 민지 네가 아빠를 너무 좋아해서 그런 것까지 닮을까 봐 걱정되기도 했어."

민우가 툴툴댔다.

"나도 싫었어. 둘이서만 야구장 가는 것도 진짜 싫었다고."

민지가 신경질을 냈다.

"그 얘기가 왜 나와!"

"가족은 함께하는 거잖아."

"마음으로 함께하면 되지. 뭐든지 꼭 같이 해야만 해? 그럼 너도 나처럼 학원 빼먹어."

"그게 말이 돼? 그럼 누나가 나처럼 공부를 잘하는 건 어때?"

"그래. 넌 학원 빼먹고 난 공부 잘하고 그러자."

"누나, 넌, 말이 안 통해."

"너도 마찬가지거든!"

엄마가 둘을 말렸다. 민우와 민지는 등을 돌리고 누웠다. 엄마가 팔을 벌려 숨을 깊이 들이쉬었다.

"작년에 아빠가 또 나무를 구하러 간다고 할 때는 절대 안 된다고 했지. 그러니까 아빠가 가족 다 같이 가자고 하더라."

민지와 민우가 일어나 앉았다.

"그런데 너희도 알잖아. 방학이 더 바쁜 거. 너희는 학원, 나는 교사 연수로. 아빠는 결국 이 월에 혼자 떠나기로 결심했나 봐. 떠나면서 엄마에게 전화를 했는데 그때 아주 심하게 말다툼을 했어. 그리고 엄마가 안 해도 될 말을 해 버렸어."

엄마가 다리를 세워 팔로 바짝 당겨 안았다.

"그렇게 혼자 다니는 게 좋으면 아주 가 버리라고. 영원히 돌아올 필요 없다고."

엄마는 무릎에 얼굴을 묻었다. 민우가 엄마의 등을 감쌌다. 민지가 불쑥 말했다.

"엄마 잘못이 아니에요. 아빠가 돌아오지 못한 건."

"아빠가 떠난 뒤 계속 후회했어."

"나도 그랬어요. 아빠가 마지막으로 전화했을 때 퉁명스럽게 말했거든요. 약속한 날에 꼭 오라고 화냈어요."

엄마가 민지의 어깨를 토닥였다.

"엄마는 아빠만 보면 화가 났어. 이해할 수가 없었거든. 아빠가 왜 제대로 된 일자리를 얻지 않는 건지 너무 속상했어. 네 말대로 그 나무 궤짝을 돌려주러 경찰서에 가서야 알게 됐지. 아빠는 자기가 저지른 잘못이 드러날까 봐 두려웠던 거야. 아니, 계속 뉘우치고 스스로 벌주고 있었던 걸지도 몰라."

민우가 입을 쑥 내밀었다.

"아빤 전화도 누나한테만 하고……. 걸핏하면 둘이서 우리니 뭐니 속닥거리고."

민지가 받아쳤다.

"넌 엄마하고 그러잖아."

민우가 다시 대꾸하려는데 엄마가 막았다.

"또, 또. 얘기, 마저 들어. 나무 박사님 덕분에 아빠가 여행 때마다 이 산장에 들렀다는 걸 알았어. 여기서 가족들이랑 생일을 보내고 싶다고 했었대."

민우가 톡 끼어들었다.

"그럼 이 여행은 아빠한테 보내는 생일 선물이네? 그죠, 엄마!"

"그러네. 아빠도 우리 선물이 맘에 드실 거야."

"늦었지만 생일 축하해요, 아빠."

"나도 축하해요 여보. 그리고 미안……."

"누나, 너는 안 하냐?"

민지는 쭈뼛거리다가 냅다 소리쳤다.

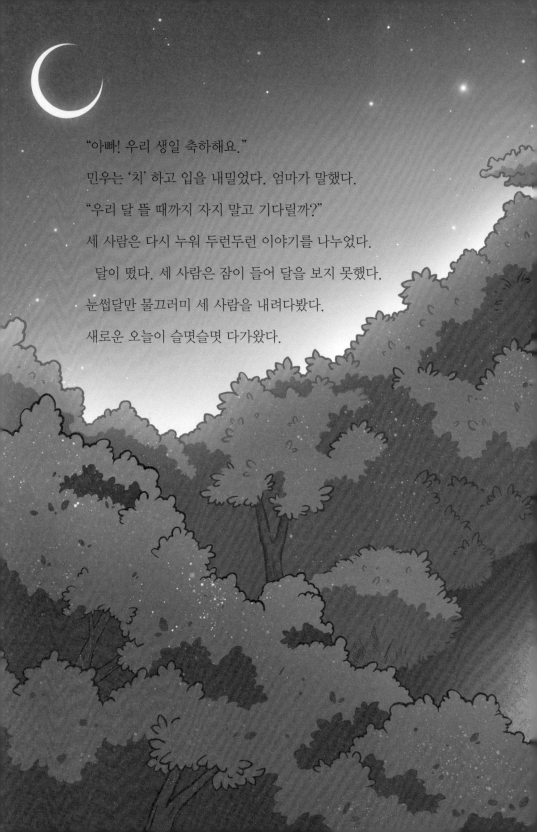

"아빠! 우리 생일 축하해요."

민우는 '치' 하고 입을 내밀었다. 엄마가 말했다.

"우리 달 뜰 때까지 자지 말고 기다릴까?"

세 사람은 다시 누워 두런두런 이야기를 나누었다.

 달이 떴다. 세 사람은 잠이 들어 달을 보지 못했다.

눈썹달만 물끄러미 세 사람을 내려다봤다.

새로운 오늘이 슬몃슬몃 다가왔다.

난 친한 친구가 많지는 않다. 열 명 정도 된다. 모두 소중하고 귀하다. 기억력이 좋은 친구가 있었다. 우리가 함께했던 일들, 이야기를 다 기억했다. 그 친구 이야기를 들을 때마다 내가 잊었던 지난 시간이 생생하게 살아났다.

그런데 몇 년 전에 그 친구가 갑자기 하늘나라로 갔다. 인사를 나눌 사이도 없었다. 친구도, 친구가 기억해 주던 우리의 시간도 다 사라져 버린 것 같았다. 마음에 커다란 구멍이 뚫렸다. 믿을 수가 없었다.

사랑하는 사람을 잃으면 우리는 그 죽음을 받아들이지 못한다. 《새 발바닥의 비밀》의 주인공 민지처럼 아빠가 살아 있다고 믿으며 아빠를 찾아 길을 떠난다. 그리고 아버지를 잃은 또 다른 아이를 만난다. 길 끝에서 두 아이는 아버지들이 남긴 사랑을 확인한다.

죽음보다 사랑이 훨씬 힘이 세다.

친구가 보고 싶으면 난 사진을 본다. 사진 속 친구는 밝고 귀엽다. 농담도 하고 날 놀리기도 한다. 아프고 힘든 모습은 없다. 즐겁게 놀던 시간이 떠오른다. 그럼 우린 여전히 행복한 친구 사이다. 그런 추억을 남겨 준 친구가 고맙다.

가끔 하늘을 올려다본다. 구름을 보면 친구가 생각난다. 친구가 구름이 되어 함께 걷는 것 같다. 사랑하는 사람들은 우리를 떠나지 않는다. 늘 함께 있다. 힘내서 살아 내라고 응원하고 있다. 그러니 기쁘게 오늘을 살아야지!

정은성

새 발바닥의 비밀

초판 1쇄 인쇄 2024년 11월 1일
초판 1쇄 발행 2024년 11월 15일

글 정은성 **그림** 달상
펴낸이 이범상
펴낸곳 ㈜비전비엔피 · 그린애플

책임 편집 박성아
디자인 이민선
마케팅 이성호 이병준 문세희
관리 이다정

주소 우) 04034 서울특별시 마포구 잔다리로7길 12 (서교동)
전화 02) 338-2411 | **팩스** 02) 338-2413
홈페이지 www.visionbp.co.kr
인스타그램 https://www.instagram.com/greenapple_vision
포스트 post.naver.com/visioncorea
이메일 gapple@visionbp.co.kr

등록번호 제2021-000029호

ISBN 979-11-92527-72-7 74800
       979-11-976190-0-7 (세트)

· 값은 뒤표지에 있습니다.
· 잘못된 책은 구입하신 서점에서 바꿔드립니다.